Siete

BESOS

KATE DANON

EDICIONES KIWI, 2020
Publicado por Ediciones Kiwi S.L.

BO🔒KISS

Primera edición, junio 2020
IMPRESO EN LA UE

ISBN: 978-84-18274-66-4
Depósito Legal: CS 311-2020
Copyright © 2020 Kate Danon
Copyright © de la cubierta: Borja Puig
Copyright © de la foto de cubierta: shutterstock
Corrección: Irene Muñoz Serrulla

Copyright © 2020 Ediciones Kiwi S.L.
www.edicioneskiwi.com

Para mis hijas, Sara y Diana.
Los amores de verano son inolvidables...
Ojalá la vida os regale muchos veranos llenos
de sonrisas, ilusiones y recuerdos infinitos.

VERANO DEL 2015. CUEVAS DEL DRACH PROHIBIDO EL FLASH

El último pase de la mañana comenzaría en un cuarto de hora. Paula recibió el aviso por su *walkie-talkie* y apremió a los despistados que se rezagaban por los últimos tramos del camino.

—No se entretengan, por favor, el espectáculo empezará en unos minutos. Sigan hasta el final y vayan ocupando los asientos.

Algunos le agradecían con una sonrisa las indicaciones. A otros les molestaba que les metiera prisa, sobre todo a los turistas que se volvían locos haciendo fotos a cada estalactita y a cada estalagmita de las cuevas. No llevaba mucho tiempo trabajando allí, pero ya tenía calados a los distintos tipos de visitantes que llegaban al lugar. Un poco más adelante, por ejemplo, se encontraba la típica chica con la que seguro que tendría problemas porque, para empezar, se estaba saltando a la torera la norma de no usar el *flash* al hacer sus fotos.

—Disculpe, señorita. No está permitido el uso del *flash*.

La interpelada, que debía de tener más o menos su edad, la miró con fastidio.

—Vamos, es solo una foto. Por una nada más no va a pasar nada.

Paula forzó una sonrisa antes de contestar, armándose de paciencia.

—Lo siento, son las normas.

—Son unas normas estúpidas.

—Mire, señorita… —Paula dio un paso hacia ella, con la mano en el *walkie-talkie* por si tenía que llamar a seguridad, pero no hizo falta. La persona que posaba para la conflictiva foto salió de las sombras para poner un poco de paz.

—Le pido perdón en nombre de mi acompañante. No se preocupe, no más *flash*, se lo prometo.

Paula contempló al hombre que se había colocado al lado de la chica y se quedó sin respiración. Había pasado mucho tiempo, diez años nada menos, pero hubiera reconocido esa voz y esos rasgos en cualquier parte.

Alejandro Luna, su amor de adolescencia.

Increíble. Jamás pensó que se lo volvería a encontrar… Y mucho menos así, de improviso, sin avisar. Trató de decir algo, pero sus cuerdas vocales estaban inmovilizadas por la sorpresa. Buscó en sus ojos algún signo de reconocimiento, pero estaba claro que, para él, Paula no era más que una de las empleadas del lugar. Aquello solo logró que los recuerdos regresaran del lugar donde los mantenía enterrados para atormentarla una vez más.

Alejandro Luna le rompió el corazón una vez y, en ese momento, con su indiferencia, conseguía que la herida se resintiera.

Bien. Ella ya no era la misma chiquilla enamoradiza de entonces. No debía permitir que aquel chico de su pasado volviera a hacerle daño en modo alguno. Carraspeó, buscando su voz para rescatarla del pozo del miedo en el que se había escondido.

—Le agradezco su comprensión, caballero. Por favor, continúen hasta el lago y tomen asiento. El espectáculo está a punto de empezar.

Habló con tono monocorde, controlando cada respiración para que ninguna palabra delatara el cataclismo que su organismo acababa de sufrir. Él se limitó a asentir con la cabeza mientras agarraba a su pareja de la cintura para proseguir su camino. La chica, la rubia despampanante que lo acompañaba, bufó al pasar por su lado y masculló algún improperio que no entendió.

Cuando desaparecieron de su vista, Paula se llevó la mano al pecho para ver si con ese gesto podía tranquilizar el ritmo frenético de su corazón.

Alejandro Luna... ¿Quién lo iba a decir? Y estaba aún más guapo de lo que recordaba. Los años le habían sentado bien, su rostro se había endurecido con un aire tan masculino que quitaba el aliento. Y su cuerpo... había ensanchado, de eso no cabía duda. A pesar de la penumbra del lugar, había podido fijarse bien en cómo la camiseta blanca se le pegaba al pecho y marcaba el contorno de unos brazos fuertes. También había cambiado de peinado. Solía llevar el pelo largo, un rasgo que había vuelto loca a más de una adolescente en su época. Ahora no había rastro de aquella melena morena tan *heavy*. Lucía un corte de pelo a la moda y lo cierto era que le quedaba más que bien.

—Espabila, Paula —se dijo a sí misma en un susurro—. Apenas lo has visto un minuto y ya estás babeando. ¿En qué habíamos quedado?

Respiró hondo. Se alisó las arrugas imaginarias de su uniforme y continuó su ruta, tratando de recordar el pacto que había hecho consigo misma tantos años atrás. Porque Alex, además de romperle el corazón, la humilló como ninguna persona lo había hecho antes...

«Nunca más, Paula. Lo prometiste».

Las luces se apagaron. Al fondo del lago Martel apareció un bote iluminado que avanzaba poco a poco hacia la zona donde el público asistía expectante al espectáculo. Dentro de la embarcación, cuatro músicos interpretaban con elegancia el *Canon* de Pachelbel y conseguían crear una atmósfera mágica, irreal.

Sin embargo, Alex no estaba prestando atención.

Su cabeza no paraba de dar vueltas al encontronazo que acababan de tener con la joven empleada de las cuevas… ¿Era Paula? Si era ella, apenas la había reconocido. Y le desconcertaba que la chica tampoco hubiera dado muestras de reconocerlo. Puede que no fuera Paula, que únicamente se diera un aire a ella y por eso se la había recordado. Pero, por un instante, sus ojos sí se habían quedado embobados mirándolo… En aquel momento no le había dado mucha importancia, pues, sin ánimo de pecar de engreído, sabía que causaba ese efecto en las mujeres.

—Si era ella, ¿por qué no me ha dicho nada? —se preguntó, en voz alta.

—¿Qué dices? —le preguntó su acompañante.

—Shhh —les chistó un hombre mayor, sentado en la fila de delante.

Alex se ruborizó por dejar escapar de ese modo sus pensamientos. Le hizo un gesto a su amiga para que no se lo tuviera en cuenta y fingió que la segunda pieza que interpretaban los músicos atrapaba toda su atención.

¿Era posible que esa belleza de pelo castaño que les había amonestado por usar el *flash* fuera Paula? ¿*Su* Paula?

Habían pasado… ¿cuánto? ¿Diez años? Aún recordaba a la chiquilla que lo perseguía por todas partes, escuálida, sin formas, demasiado niña para él. Aún tenía sus ojos azules grabados en la retina por aquella última mirada que le dedicó, el día fatal en que él decidió matar todas sus ilusiones. Solo era una cría... y él estaba harto de tener que aguantar su continuo acoso. Terminó con sus tonterías de manera cruel, ahora lo reconocía, y lo cierto era que lo había lamentado durante todos esos años.

Aquella niña de su recuerdo no tenía nada que ver con la mujer que acababa de encontrarse. Sin embargo, su corazón le decía que era ella.

Tenía que averiguarlo. Porque, si era ella, debía pedirle perdón por el daño que le causó tanto tiempo atrás.

VERANO DEL 2005. (DIEZ AÑOS ANTES)
EL NOVIO NUEVO

—¿Has visto ya al nuevo novio de tu prima?

Carolina cotilleaba por la ventana del cuarto de Paula mientras esta hojeaba una revista tirada bocabajo sobre la cama.

—No —contestó, sin alzar la mirada de una foto de Leonardo DiCaprio—. De todos modos, da igual. La semana que viene tendrá otro distinto.

—Uf, pues entonces tienes que venir a verlo con más razón, antes de que se deshaga de él.

—No me interesa…

—Es del todo imposible que el culo que yo estoy viendo desde aquí no pueda interesarte.

Paula por fin miró a su amiga.

—Mira que eres pesada —masculló. Sin embargo, se levantó de la cama con una sonrisa cómplice y acudió a su lado para espiar a través de las cortinas. Tenía que comprobar por sí misma si ese culo merecía la pena.

Una planta más abajo, justo en la entrada de Puertomar, la enorme casa de verano que su familia tenía en la zona residencial de Sa Ràpita, su prima Marta se daba el lote con un chico que poseía el mejor trasero que había visto en su vida. Desde luego, Carol no exageraba. Por desgracia, en esa posición, era lo único que podían admirar de él. Eso, y que tenía el pelo demasiado largo para el gusto de Paula.

—¿Cómo lo hace? —preguntó, refiriéndose a su prima—. Cada semana un chico nuevo, es increíble.

—Con esas peras ya podrá... Mira, mira cómo aprovecha él para meterle mano.

—Venga ya, Carol, tú no tienes motivos para envidiarle eso. A ti te salieron antes de que se te cayeran los dientes de leche. En cambio, mírame a mí. Doy pena. Tengo dos botones perezosos sin ganas de crecer.

—Lo mío es cosa de familia. Cuando sea mayor, tendré problemas de espalda, como mi madre —intentó consolarla Carolina al escuchar el tono amargado de su amiga.

Para Paula, que sus pechos aún no se hubieran desarrollado era todo un complejo. Era cierto que su prima era tres años mayor que ella, pero Marta presumía siempre de que a los catorce ya usaba una talla noventa de sujetador. Ahora, con diecisiete, sabía sacarle partido a esos buenos atributos que la genética le había dado. Genética que, definitivamente, Paula no había heredado. Sus catorce años estaban siendo los más humillantes de su grupo de amigas. Todas tenían formas; algunas más, otras no tan exageradas, pero ninguna era una criatura casi esquelética y lisa como una tabla de surf. Paula estaba deseando cumplir los quince para ver si así, por fin, su cuerpo reaccionaba y se ponía al día rellenándose ahí donde más falta hacía.

—Cuidado, que ya se va.

Las dos amigas se escondieron tras las cortinas cuando el chico se separó de Marta para marcharse. Se dio la vuelta y Paula pudo verle la cara. Sin duda era el novio más guapo que había tenido su prima hasta el momento. Se preguntó, mientras miraba cómo se alejaba, si ella tendría tanta suerte algún día...

Dos días después, Paula entró en el salón de la casa familiar y se encontró cara a cara con el chico del culo increíble. Estaba sentado en el sofá, pero se puso en pie en cuanto ella entró. Llevaba unas bermudas y una camiseta azul, y de cerca era aún más guapo que visto desde la ventana.

—¡Hola! —la saludó, con una sonrisa—. Tú debes de ser Isabel, la hermana pequeña de Marta.

Genial. Aquel pedazo de tío la confundía con su prima de doce años... No podía haber dicho nada peor. Paula notó que se le encendían las mejillas y deseó salir corriendo, mas sus pies traidores no la obedecieron.

—No... En realidad, soy Paula, la prima de Marta.

«Y no una niña de doce años, para que te enteres».

—Perdona. Es que te pareces bastante a ella... Pero claro, si sois primas, es normal.

«Sí, vamos, me parezco a ella como un huevo a una castaña».

—¿Eres su nuevo novio?

«Ea, dónde las dan, las toman».

Paula observó muy satisfecha cómo el rostro del chico reaccionaba a su pregunta. La sonrisa amigable desapareció y en su lugar un gesto mucho más serio le ensombreció la mirada.

—Pues sí... Me llamo Alex.

—La estás esperando para ir juntos a la playa, ¿no?

—Sí... Así es.

—Ya. Te advierto que ella suele preparar su empanada especial para estos casos, así que te daré un consejo: si no te gustan las cosas aceitosas, di que eres alérgico al atún. De ese modo no la ofenderás y podrás librarte de comerla.

Alex dio un paso hacia ella.

—Perdona, es que me has dejado un poco descolocado. ¿Esto lo hace a menudo?

—¡Uy, sí! Cada vez que cambia de chico...

Paula se tuvo que morder el labio inferior para no echarse a reír ante la mirada de sorpresa de Alex. No se arrepentía de ser mala, a fin de cuentas, él la había herido en su orgullo primero.

—¡Alex, ya estoy lista! —Su prima Marta apareció en la puerta del salón llevando una bolsa de playa y una pequeña nevera—. ¿Te he hecho esperar mucho?

—No te preocupes —contestó él, mirando a Paula con intención—. Tu primita me ha hecho compañía.

—Paula, ¿no le habrás molestado? Mira que a veces te pones muy cansina...

La aludida abrió la boca, ofendida. Sin embargo, no le dio tiempo a contestar porque Alex lo hizo por ella.

—En absoluto. Si es un encanto de niña... Por cierto, ¿qué llevas en la nevera?

A Marta le brillaron los ojos antes de contestar.

—Ya verás, una de mis especialidades. Te he hecho empanada de atún.

Alex se acercó a ella, la tomó por la cintura y la besó de manera salvaje delante de Paula.

—Seguro que me encanta —susurró, justo después de comerle la boca, lo bastante alto como para que la primita entrometida lo escuchara.

—Anda, vamos, que la pandilla ya estará esperando.

En cuanto Marta se giró para salir del salón, Alex miró a Paula una última vez, con gesto malicioso. Le guiñó un ojo y comentó a modo de despedida:

—Quién sabe, si la empanada está tan rica como sus labios, merecerá la pena.

Paula decidió en ese momento que, por muy guapo que fuera, odiaba al nuevo novio de su prima con toda su alma.

El intruso en la habitación

Era extraño. Sabía que no lo soportaba, que su arrogancia y su descaro lo convertían en la última persona con la que deseara permanecer en una habitación. Sin embargo, por las noches, Paula soñaba con el chico de diecisiete años que salía con su prima. Y soñaba, justamente, que la besaba igual que había besado a Marta aquel día en el salón.

—Eres muy estúpida —se dijo a sí misma esa noche, antes de meterse en la cama para dormir.

Había estado más de veinte minutos contemplando su imagen en el espejo del armario. Por fortuna, ya no compartía cuarto con su prima Isabel, como cuando eran pequeñas, por lo que no tenía que dar explicaciones a nadie acerca de sus complejos. Lo que descubrió durante el rato que estuvo estudiando su rostro anguloso, sus pechos inexistentes y sus estrechas caderas, fue que un chico como Alex jamás besaría con ese ímpetu a alguien como ella. Lo único que la salvaba de ser un completo adefesio, eran sus ojos azules y sus labios carnosos. Pero claro, estos elementos por sí solos no podrían atraer a nadie, y en el conjunto daban más lástima que otra cosa.

—A ver si se acaba el verano y se te pasa la tontería —se volvió a amonestar, abrazándose a la almohada para intentar conciliar el sueño.

Además, se trataba del novio de su prima. No estaba bien que ella tuviera esa fijación por el chico que salía con Marta… Aunque, por otra parte, tampoco se sentía culpable. Sabía que, fuese lo que fuese lo que había entre ellos, no era nada serio. Marta no era muy dada a conservar novios.

—No, porque es caprichosa, egocéntrica y se cansa de todo —susurró contra la almohada.

Era consciente de que no estaba siendo justa. Existía una antigua rencilla personal entre ellas, que se remontaba a cuando Paula tenía siete años y su prima diez. Ocurrió el mismo día de su cumpleaños, cuando Paula invitó a la fiesta a su mejor amigo, Carlos, que se presentó en Puertomar con un regalo muy especial: siete pastelitos de nata, sus favoritos.

—Uno por cada año que cumples —le dijo, poniéndose colorado.

Carlos siempre le pedía que fuera su novia y aquel día, con aquel regalo tan dulce, Paula decidió que le iba a decir que sí. ¡Qué poco imaginaba ella que Marta aparecería de pronto, sin estar invitada, acaparando toda la atención! Su prima era una chica mayor y, para un crío de siete años, debía de ser algo así como una diosa.

—¡Pastelitos de nata! —exclamó, golosa.

—Son para mí. ¿Ves? —le aclaró ella—. Hay siete, uno por cada año que cumplo.

—Bueno, Marta puede coger alguno si quiere —intervino Carlos, mirando con adoración a la recién llegada.

Paula supo entonces que ya no podría ser su novia. Pero, lo que de verdad le rompió el corazón, fue que su mejor amigo le arrebatase la bandeja de pastelitos y se la ofreciera a Marta sin su permiso.

—Otro día puedo traerte más, si quieres… —le dijo a su prima, dándole la espalda a ella.

Para su asombro, Carlos se marchó con Marta, y con la bandeja, y la ignoró durante el resto de la fiesta. Como resultado de aquella intromisión, ella no solo perdió sus pasteles, sino a su mejor amigo. Nunca, a partir de aquel día, volvió a ser lo mismo.

Puede que fuera una niñería pero, para Paula, aquel día quedó marcado a fuego en su memoria, y la relación con su prima se resintió gravemente. Por eso, tal vez, no se sentía avergonzada cuando pensaba en su actual novio. Marta le había robado a Carlos, su primer amigo verdadero, su mejor amigo después de todo. Lo único de lo que alguien podría acusarla a ella era de fantasear y eso, hasta donde sabía, no era tan malo.

—No pasa nada si sueño un ratito... al menos, hasta que yo pueda encontrar a mi propio chico de culo perfecto — volvió a susurrar, ahogando un bostezo antes de dejarse vencer por el sopor.

No supo el tiempo que pasó. El calor era sofocante y por la ventana abierta apenas entraba aire. Cuando al fin sus sentidos estaban adormecidos, un ruido extraño la espabiló. Había algo fuera, algo que se movía hacia su ventana y que le puso los pelos de punta. Una sombra ocultó la poca luz de luna que entraba y Paula se incorporó de golpe, con el corazón latiéndole desbocado en la garganta.

Iba a gritar.

Gritaría como una histérica si no se despertaba de inmediato. Porque aquello era un sueño... ¿o no?

Abrió la boca, con los ojos espantados. Y cuando la sombra se coló en su cuarto como un ladrón silencioso, cogió aire para dar la voz de alarma.

—Shhh, no grites. Tranquila, Paula, soy yo.

En un segundo lo tuvo encima, tapándole la boca con una mano cálida. En la penumbra, y a pesar de estar frenética, distinguió los ojos del intruso.

—¿Alex? —farfulló contra sus dedos.

Él la liberó con un breve asentimiento de cabeza.

—Perdona si te he asustado. Tu ventana era la que más cerca estaba…

Paula observó cómo el chico se dirigía a la puerta de su cuarto y pegaba la oreja para escuchar. También se fijó en que iba sin camiseta, con el pantalón vaquero desabrochado y descalzo. Notó que le ardían las mejillas y no supo si era por la imagen que tenía delante (porque Alex estaba bueno hasta decir basta), o por darse cuenta de lo que había ocurrido. Sin duda, minutos antes estaba en el cuarto de su prima Marta, haciendo cosas que ella solo podía soñar, y alguien había estado a punto de descubrirlo. Supuso que su única vía de escape había sido la ventana, y por eso ahora estaba allí de pie, en medio de su habitación.

Aguzó el oído y pudo escuchar al otro lado de la puerta la voz de su tío Fernando, hablando bastante enfadado. Miró cómo Alex se ponía cada vez más nervioso, hasta que se volvió hacia ella.

—Creo que viene hacia aquí. No digas nada, por favor, escóndeme.

Paula estuvo tentada de negarse, pero aquellos ojos suplicantes (o tal vez aquel pecho desnudo), fueron su perdición.

—Vale, vale, métete debajo de la cama.

Mientras él desaparecía bajo su colchón, ella se tumbó de nuevo y fingió dormir. Un segundo después, la puerta de su dormitorio se abría con brusquedad.

—¿Paula?

Ella fingió despertarse. Cuando su tío encendió la luz, se tapó los ojos con la mano, molesta.

—¿Qué ocurre? —preguntó con voz ronca.

—¿Has oído algo? ¿Has visto algo?

Paula miró a su tío guiñando un ojo, con aire somnoliento, y preguntó a su vez.

—¿Algo? Estaba dormida, me has despertado. —Su voz sonó quejumbrosa y pensó que igual no se le daba mal eso de ser actriz.

Su tío miró en derredor, buscando con los ojos, bufando como un toro. Al final, soltó un resoplido de frustración y volvió a apagar la luz.

—Perdona, cariño. No quería molestarte, sigue durmiendo —dijo al final, marchándose y cerrando la puerta tras de sí.

Tanto ella como el chico que se agazapaba bajo la cama se mantuvieron en silencio durante varios minutos. Cuando pasó el peligro, Paula se incorporó y encendió la lámpara de su mesilla.

—Puedes salir.

Alex apareció sacudiéndose alguna pelusa de sus pantalones.

—Muchas gracias. Si tu tío llega a pillarme, me capa. Te debo una muy gorda.

—Ya lo creo —dijo Paula, sin apartar los ojos de ese cuerpo perfecto.

Madrecita, el novio de Marta era un auténtico caramelo. ¿Por qué su prima siempre se ligaba a los más guapos?

—Escucha, voy a quedarme unos minutos más, hasta que todo se calme. Dentro de un rato podrás salir sin levantar sospechas y traerme mis deportivas y mi camiseta. Con las prisas, me las he dejado en el cuarto de tu prima.

Tal vez fue su tono, o la forma que tuvo de ignorar su precioso camisón de flores. El caso fue que Paula se sintió ninguneada y eso la enfureció. ¿Es que aquel chico no veía en ella nada más que a una recadera? Primero la confundió con su prima Isabel, dos años más pequeña. Ahora, la utilizaba para escabullirse después de haberse dado el lote con su novia.

—No pienso hacerlo.

—¿Qué?

¡Ah, ahora sí la miraba! Paula notó que una extraña maldad le reptaba por el estómago y subía hasta su garganta. Si tenía que hacer todas esas cosas por él, sin duda, Alex también tendría que hacer algo por ella.

—No me gusta que me deban ningún favor, así que tendrás que pagármelo ahora, esta noche, si de verdad quieres que te ayude.

El chico dio un paso hacia ella con el ceño fruncido.

—¿Y qué propones? —preguntó. Paula pensó que solo le había faltado añadir la palabra *mocosa* al final para que su humillación fuera completa.

—Quiero que me des un beso.

Hasta que no lo dijo en voz alta, no supo cuánta verdad había en sus palabras. Quería un beso de Alex, lo necesitaba. A lo mejor así dejaba de soñar con él. Si descubría que en realidad no era para tanto, quizá se le pasara la tontería.

«Sí, sí, seguro que es por eso por lo que quieres sentir sus labios contra los tuyos».

Paula pensó que al chico le había dado un pasmo, porque pasaron unos segundos muy largos hasta que por fin dijo algo.

—Soy el novio de tu prima.

—Ya, ¿por cuánto tiempo? Además, solo se trata de un beso.

—Eres una cría.

—Sí, ya lo sé —espetó ella, apretando los dientes—. Por eso. Nadie me ha besado nunca… Quiero saber cómo es.

Alex se apartó el pelo de la cara con una mano y la observó, muy serio. A Paula no le gustaban los chicos con el pelo tan largo, pero él era una refrescante excepción. La cosa empezaba a resultar preocupante.

—De acuerdo. Lo haré. Pero —la advirtió, señalándola con el dedo— no le dirás nada a tu prima. Jamás, ¿me has entendido?

Paula asintió.

—Jamás.

Alex se acercó a ella y se sentó en la cama, a su lado. Suspiró, como si la tarea que estaba a punto de llevar a cabo le costase un esfuerzo titánico. Paula se armó de paciencia ante su evidente fastidio. Quería ese beso, aguantaría lo que fuera.

Él se inclinó hacia su rostro y ella no supo si debía cerrar los ojos o mantenerlos abiertos para no perderse detalle. Al final, cuando los labios de Alex se posaron sobre los suyos, los cerró por instinto y para capturar así todas las sensaciones en su interior.

Su boca abrasaba. Pero era un calor tan agradable, que Paula deseó que durara más. Fue como si al tocarla se encendiera un interruptor oculto en su pecho. El corazón se le disparó y todas sus terminaciones nerviosas se estremecieron. Alex solo presionaba con dulzura sus propios labios y Paula intuyó que tenía que haber mucho más, que aquellas sensaciones que le recorrían la piel eran apenas la punta del iceberg. Mas no pudo averiguarlo, porque todo terminó demasiado rápido, con demasiada contundencia.

Cuando abrió los ojos, descubrió que él la observaba con una media sonrisa de satisfacción.

—¿Qué tal? ¿Era lo que esperabas?

Paula supo que él ya conocía la respuesta a la pregunta. En realidad, había sido mucho más... y mucho menos también. Pero eso no podía, ni sabría, cómo explicarlo. Así que optó por hacerse la dura para proteger lo poco que le quedaba de autoestima.

—Pssé, no ha estado mal.

La sonrisa de Alex se ensanchó.

—Ya me lo dirás cuando tengas con qué compararlo.

Se levantó de la cama y se alejó, dejándola helada. Paula deseó tirarle una de sus zapatillas a la cabeza. ¿Cómo podía ser tan engreído? ¿Acaso pensaba que su beso había sido tan maravilloso? Deseó cambiar su anterior respuesta y decirle que no había sentido absolutamente nada... Algo que sería una completa mentira. Se abrazó a sí misma y se levantó de la cama. Lo mejor sería no decir nada, o al final terminaría haciendo un ridículo espantoso.

—Yo creo que mi tío ya se habrá dado por vencido y habrá vuelto a su cama. Voy a buscar tus cosas.

—Entonces ¿ya estamos en paz?

—Sí. No me debes nada.

Salió con cuidado del cuarto y cerró la puerta tras de sí. Se apoyó un momento sobre la hoja y cerró los ojos, intentando calmar los violentos latidos de su corazón. Había cometido un terrible error... No tenía que haberle pedido ese beso.

Porque el beso había puesto de manifiesto una inquietante verdad: se había enamorado como una chiflada del novio de su prima.

Después del beso

En los días sucesivos, Paula intentó esquivar a Alex en la medida de lo posible. Cuando su prima Marta lo traía a casa, ella desaparecía. Cuando sabía que iban a la playa, ella se quedaba en la piscina de Puertomar para evitar la coincidencia de encontrarlos.

Sin embargo, la suerte no estaba de su lado. Una de aquellas mañanas, una en la que a ella se le habían pegado las sábanas, se lo encontró sin esperarlo cuando bajó a desayunar. Alex estaba en la cocina, bebiendo un vaso de zumo mientras conversaba con su tía Carmen y su madre.

—¡Vaya, por fin apareces! Ya creíamos que habría que despertarte para la hora de comer.

Paula se sonrojó ante el comentario de su madre. Ella nunca dormía tanto, pero estaba pasando unas noches muy malas. Los culpables, el calor y el chico que había allí sentado, mirándola con su estúpida sonrisa ladeada.

—Buenos días… o más bien tardes —le dijo, con tono jocoso.

Lo fulminó con la mirada. ¿Qué otra cosa podía hacer delante de su familia?

—Pero mira que tienes mal despertar —le espetó su tía—. ¿No contestas a Alex?

—Buenos días —susurró a regañadientes.

Fue directa a la nevera para no verle la cara y sacó la leche para servirse un buen vaso. Se sentó luego frente al chico y se concentró en el desayuno para no tener que hablar con él. Por fortuna, su tía Carmen era una perfecta anfitriona y no dudó en darle conversación.

—Siento que tengas que esperar tanto... ¿quieres otro vaso de zumo? Como no encuentre qué ponerse, mi hija Marta puede ser una auténtica pesadilla.

—No, muchas gracias. Seguro que bajará enseguida, solo vamos a la playa. No creo que le cueste mucho elegir un bañador y un vestido.

A Paula se le escapó un resoplido ante el comentario. Alex la miró con una intensidad que logró ruborizarla.

—¿Qué? —preguntó, arisca, cuando vio que él no apartaba los ojos de su cara.

—Tienes un bigote de leche. Te queda bien.

Ella se lo limpió deprisa con la servilleta, mortificada. ¿Por qué? ¿Por qué siempre tenía que hacer el ridículo delante de ese chico? Y encima, él parecía disfrutar con su apuro.

—Bueno, nosotras nos vamos a comprar —anunció de pronto su madre—. Paula, ¿puedo confiar en que trates bien a nuestro invitado hasta que baje tu prima?

—Sí, mamá.

—Muy bien. Hasta luego, chicos.

Las dos mujeres salieron de la cocina y a Paula le entró el pánico al darse cuenta de que estaba, de nuevo, a solas con el culpable de sus desvelos.

—¿Puedo hacerte una pregunta? —dijo él, en cuanto su tía y su madre desaparecieron.

—Supongo.

—¿Me has estado evitando?

Paula rehuyó su mirada y se encogió de hombros.

—¿Y por qué iba a hacer eso?

—No sé... Puede que por el beso del otro día. Normalmente, cuando beso a una chica, después suele perseguirme por si

tiene la suerte de repetir. Pero tú no. Tú te escondes de mí...
¿Tan malo fue?

Paula no podía creer que fuera tan creído. ¿Lo estaba diciendo en serio, o se estaba burlando de ella? Su expresión traviesa y divertida daba a entender que la estaba tomando el pelo, y que además se lo estaba pasando bomba con su desconcierto. Eso solo le dejaba una opción: contraatacar.

—Dímelo tú, ya que eres tan experto en besos. ¿Crees que fue horrible?

Alex cambió su gesto burlón por uno más serio.

—No fue como los que le doy a tu prima.

Uf, aquello le dolió. Pero Paula no se iba a dar por vencida así de fácil.

—Estás esquivando una respuesta directa. ¿Tan difícil es contestar sí o no? ¿Fue malo o no, Alex?

Los ojos oscuros de Alex se cargaron entonces de un sentimiento que Paula jamás había visto en la mirada de ningún otro chico. Notó como si aquellos ojos penetrasen en su interior, queriendo llegar a rincones perdidos que ella ignoraba poseer.

—Fue... incompleto.

La respuesta la dejó muda por unos segundos. Eso era exactamente lo que ella había sentido al respecto. Abrió la boca para decir algo, pero su prima apareció justo en ese momento para romper la conexión que, por breves instantes, se había establecido entre los dos.

—¡Lista! ¿Nos vamos, churri?

Sus miradas aún estaban prendidas cuando Marta rodeó la mesa para acercarse al chico y abrazarlo por la espalda. Alex parpadeó, deshaciéndose de los ojos azules de Paula.

—Sí, claro. Hasta otra —se despidió, levantándose de la silla para seguir a su prima hasta el fin del mundo y más allá.

—Hasta otra, *churri* —susurró ella cuando salieron y ya no podían escucharla.

¿Qué había sucedido allí? ¿Era posible que el novio de Marta y ella hubieran tenido *un momento*? ¿Para Alex un beso incompleto significaba lo mismo que para ella?

—¡Pues claro que no! —exclamó en voz alta, tapándose la cara con las manos.

Cuando él besaba a Marta, usaba todo su cuerpo. La abrazaba, la acariciaba, la magreaba. A ella solo la tocó con sus labios, porque claro... ¿de dónde podría haber agarrado? Era muy consciente de lo que debía parecer al lado de su prima: un insecto palo. ¿Querría alguien acariciar a una chica así?

Dejó caer la cabeza contra la mesa y estuvo allí, dándose golpes, hasta que la piel de la frente se le puso roja como las cerezas de su pijama de verano.

La deuda de los siete besos

Su amiga Carolina se había empeñado en ir a la playa, pero ella no tenía ganas. Sabía que Marta y Alex estarían allí, y existía la posibilidad de encontrarlos. Después de todo, el arenal de Sa Ràpita no era tan grande.

—¿No prefieres quedarte en la piscina? Mis padres y mis tíos también piensan ir a la playa, estaremos solas —intentó convencerla Paula.

—No. He quedado allí con el grupo, así que nos vamos. Y haz el favor de ponerte otra cosa, siempre vas con esa camisola horrible que parece un saco.

—Ni hablar. Tú puedes lucir esos vestiditos playeros tan monos, pero yo no.

Carolina resopló ante la cabezonería de su amiga. El complejo que tenía siempre la limitaba, pero no pensaba dejar que una tontería así les aguase la fiesta.

—Ya imaginaba que ibas a decir algo de eso. Así que mira, te he traído una cosa.

Paula observó con curiosidad cómo Carolina rebuscaba en su bolsa. Sabía que su intención era ayudarla y temía la locura que se le habría ocurrido. Ella no tenía problemas, con su talla noventa de sujetador, su melena rubia y sus ojos dorados, ningún chico osaba reírse de su aspecto. Sin embargo, Paula ya había sufrido en sus escurridas carnes la humillación de que la consideraran un palo de escoba con los labios demasiado carnosos.

—No creo que encuentres ahí dentro un cuerpo de *top model*, por mucho que rebusques. Y, créeme, eso es lo único que conseguiría desterrar mi socorrida camisola al fondo del armario.

—¡Ajá! —exclamó Carolina, sin hacerle el menor caso.

Sacó un biquini de color verde con aire triunfal y se lo ofreció. Paula notó enseguida que la parte de arriba llevaba un buen relleno.

—¿Te has vuelto loca? ¡Todos lo notarán!

—¿Qué van a notar? El relleno va por dentro y se puede mojar, nadie se dará cuenta de nada. Estarás monísima.

Paula dudó. La insistencia de Carolina era avasalladora, así que al final se lo probó. Se miró en el espejo de su armario y una tímida sonrisa le asomó a los labios al ver el resultado. Lo cierto era que no estaba nada mal... Y daba el pego.

—¿Qué me dices? ¿Soy un genio, o no? —le preguntó su amiga, abrazándola por la espalda mientras ambas contemplaban la imagen reflejada.

—Está bien, lo llevaré. Pero no te prometo que vaya a bañarme. Al menos, podré ponerme un vestido bonito.

—¡Así se habla! Y date prisa, o al final perderemos el autobús...

Las dos adolescentes se apresuraron y salieron hacia la parada en cuanto estuvieron listas. Paula iba nerviosa, colocándose a cada momento la pieza superior de su biquini, pensando que todo el mundo se fijaba en ella porque había algo artificial en su atuendo.

—Estás preciosa... Hazme caso —la tranquilizó Carol.

Una vez en la playa, sus amigos las recibieron con entusiasmo y más de uno piropeó a Paula, diciéndole que ese día estaba distinta, muy guapa. Así que al fin pudo relajarse y disfrutar de un día soleado estupendo, riéndose y charlando con todos los del grupo.

Sin embargo, no se atrevió a bañarse. Ni siquiera consintió en quitarse el vestido, así que cuando sus amigos corrieron al agua en pandilla para refrescarse, ella optó por dar un tranquilo paseo por la orilla y evitar así que la arrastrasen a la fuerza al interior del mar.

Había olvidado su miedo inicial de encontrarse con la pareja que en los últimos días le causaba dolores de cabeza, por eso se sorprendió cuando vio a su prima Marta venir en la dirección contraria, caminando enfurecida. Traía la cara desencajada y algo entre sus manos. Parecía un bañador de chico.

—¡Marta! ¿Qué ha pasado?

Paula no dudó en interceptarla, muerta de la curiosidad. Su prima la miró y bufó de una manera muy poco elegante.

—¡Es un imbécil!

—¿Alex?

—¡Sí, Alex! ¿Te puedes creer que no piensa llevarme a la fiesta de Mónica?

Paula supo que el chico había metido la pata hasta el cuello, porque Mónica era la mejor amiga de su prima y todos los años organizaba una mega fiesta que era la envidia de todos y a la que todo el mundo se moría por asistir. Era el evento del verano en Sa Ràpita... ¿cómo se le ocurría a Alex negarse a llevar a su prima?

—¿Y qué razón te ha dado? —preguntó.

—Dice que ya había quedado ese día con sus colegas para ir a hacer surf. ¿Te imaginas? Dice que vaya sola; que, de todas maneras, a él no le gustan esas fiestas, que siempre hay mucha gente y se agobia... Pues muy bien. Iré sin él.

—¿Y eso? —volvió a preguntar Paula, señalando el bañador que traía en la mano.

Marta sonrió entonces con malicia y miró la prenda, satisfecha.

—Esto es el escarmiento que le he dado. ¿Le molesta rodearse de gente? ¿Se siente incómodo? Más incómodo se va a sentir ahora cuando tenga que volver a su casa completamente desnudo. Pienso llevarme hasta las toallas...

Paula abrió los ojos, alucinada. ¿Alex estaba en algún lugar de esa playa, sin bañador?

—¡Madre mía, Marta! ¿Dónde lo has dejado?

—Allí entre las rocas —señaló ella con desgana—. No me da ninguna pena.

Dicho lo cual, se alejó con paso airado dejando a Paula pasmada por su mala leche. ¿Cómo se había atrevido a hacer algo semejante? Miró hacia las rocas. Lo cierto era que hasta aquel lugar no se acercaba mucha gente porque, cuando subía la marea, podía resultar peligroso.

Sin pensar muy bien lo que hacía, Paula puso rumbo hacia allí.

Escaló con cuidado una de las rocas mirando muy bien dónde pisaba para no lastimarse los pies. Pasó la primera barrera y buscó entre el resto de formaciones que sobresalían de la arena. ¿Dónde se había metido? Las olas se estrellaban con fuerza en la base de algunas de las piedras, signo de que la marea estaba subiendo.

—¿Alex? —lo llamó, al no verlo por ningún lado.

Una cabeza se asomó entonces por detrás de un montículo elevado.

—¿Marta? Ah, Paula, eres tú.

La chica se sintió decepcionada ante su tono resignado. Aun así, se acercó a él.

—Mi prima estaba muy enfadada, no creo que vuelva.

—¡Joder! Me la ha jugado pero bien.

—¿Y eso? —preguntó Paula, con el tono inocente. Estaba disfrutando más de lo que pensaba con su apuro.

—¡No te acerques más! Estoy... estoy desnudo. Se ha llevado mi bañador.

Paula se tuvo que morder el interior de los carrillos para no echarse a reír. Se detuvo y ladeó la cabeza, frunciendo el ceño mientras meditaba una cuestión.

—¿Y se puede saber cómo te lo has dejado quitar? Sin duda eres mucho más fuerte que ella...

Alex cambió la expresión de su rostro. Su gesto se volvió socarrón y algo lobuno.

—No creo que quieras saber de verdad en qué circunstancias me bajó en bañador.

La cara de Paula ardió de vergüenza por haber preguntado algo tan estúpido. Por supuesto, no había otra manera de que su prima le quitara esa prenda. Alex pensaría que era tonta de remate por cuestionárselo siquiera.

—Tienes razón, no quiero saberlo.

Se dio la vuelta para marcharse, con el bochorno aún palpitando en sus mejillas.

—¡Espera! ¿Me vas a dejar aquí, así?

—Eso pensaba hacer, sí. No eres mi problema.

—Escucha... No puedo salir de las rocas y pasearme desnudo por la playa. ¡Está llena de gente!

—Sí, es verdad... Mira, precisamente, por allí se acerca una familia con un par de niños pequeños —dijo Paula, aupándose para poder ver mejor por encima de las piedras—. Llegarán aquí en un par de minutos.

La cara de Alex se desencajó.

—No hay tiempo de que vayas a buscar mi toalla… ¡Pásame tu vestido, rápido! Eso servirá para taparme.

—Ni de coña.

—¡Vamos! Tú llevas el bañador debajo.

«Sí, un biquini con relleno. —Pensó ella—. ¿Y si lo nota? El ridículo entonces sería espantoso».

—Lo siento, tendrás que apañártelas. —Se giró de nuevo con la firme intención de abandonarlo a su suerte. Si él no hubiera tonteado con su prima, ahora no se encontraría en esa comprometida situación. Se lo tenía merecido.

—Por favor, Paula… Te daré otro beso. Sé que te gustó el del otro día. ¿Quieres otro?

No fue tanto lo que dijo, sino cómo lo dijo. Paula se indignó. ¿Qué se había creído ese chico? Por sus palabras, la veía como a una niña pequeña que había que contentar y pensaba que con un beso podía comprarla. Como cuando ella les ofrecía caramelos a sus primos pequeños para conseguir lo que quería de ellos. Se sintió humillada.

Volvió a mirar hacia la playa. La familia que se acercaba estaba ya a pocos metros de ellos. Después miró el rostro de Alex, desesperado por salir de aquel embrollo.

«Muy bien. —Pensó con malicia—. ¿Quieres arroz? Tendrás dos tazas…».

—Te dejaré mi vestido… —empezó a decir.

—Gracias, Paula, gracias.

—…A cambio de siete besos, no uno.

Alex cerró la boca y la miró con gravedad. Parecía estudiar su proposición. ¿Por qué le habría pedido esa tontería?

Ni ella misma lo sabía. El siete le había salido solo, tal vez por el recuerdo de aquellos siete pastelillos que su prima le arrebató siendo pequeña. Ahora se cobraría esa vieja deuda, si Alex aceptaba, por supuesto. Marta le había quitado a Carlos; ella no podría quitarle a Alex, por supuesto, pero sí podría quitarle siete besos del que ahora era su novio... Tras unos segundos de indecisión, el chico asintió.

—Siete, de acuerdo. Venga, dámelo ya.

—Siete. Cuando yo quiera, donde yo quiera. Si te pido un beso, me lo darás y no importarán las circunstancias. ¿Hay trato?

—¿Te has vuelto loca? —casi gritó—. Si lo que pretendes es que te bese delante de tu prima, ya puedes olvidarte.

Apretó los dientes hasta conseguir que le chirriaran. ¿Ese concepto tenía de ella? ¿Pensaba que lo que quería era apartarlo de su prima con sucias tretas?

—Nunca te pediré uno en público, te lo prometo. Todos quedarán entre tú y yo, tienes mi palabra.

Paula no entendía qué era lo que la impulsaba a continuar con aquella majadería. En su fuero interno, sabía que lo más fácil era largarse de allí y abandonarlo a su suerte, o prestarle su vestido sin más. Pero aquel chico removía en su interior emociones que desconocía y que no sabía manejar. Tal vez por eso se comportaba de manera tan despreciable...

Alex se paseó nervioso detrás de la roca que ocultaba su desnudez. Ella miraba su cabeza ir y venir, convencida de que la mandaría a paseo por ser una niñata caprichosa. Sin embargo, al final la miró, muy serio, y asintió con la cabeza.

—De acuerdo. Siete besos. —Se pasó una mano por el pelo, casi como si se arrepintiera de lo que acababa de decir—. Venga, dame ya el vestido.

Paula se sintió rastrera. Lo había obligado a aceptar algo que él no quería hacer... ¿qué clase de persona era? No obstante, otro sentimiento subyacía bajo su piel. Uno mucho más intenso que los remordimientos. Tenía a su disposición siete momentos con Alex, a solas, y era un premio demasiado fabuloso como para echarlo a perder por la estúpida voz de su conciencia.

Se sacó el vestido por la cabeza y, cuando sintió los ojos del chico posados sobre su piel desnuda, enrojeció hasta la raíz del cabello. ¿Notaría que la parte de arriba de su biquini era todo relleno? ¿Le parecerían ridículas y estrechas sus caderas? Presentía que el rubor jamás abandonaría sus mejillas a partir de aquel momento, tan abrasador lo sentía contra su cara.

—Toma.

Justo en el instante en que el chico agarraba la prenda, uno de los niños que se aproximaban con su familia saltó por encima de las rocas.

—¡Pedro! Ve más despacio, te vas a caer y luego llorarás. —Se escuchó la voz de su madre detrás, amonestándolo.

Alex se apresuró a colocarse el vestido alrededor de la cintura para tapar sus vergüenzas. Salió de su escondite y pasó al lado de Paula, que no pudo apartar los ojos de su espectacular cuerpo. Aun tapado de esa manera tan ridícula, estaba para comérselo.

—Te lo devolveré —fue lo único que le dijo antes de echar a andar hacia la playa, dejándola atrás.

Paula sintió un frío desangelado en la zona del corazón. ¿Acaso había esperado que le diera las gracias por rescatarlo? Quizá, si lo hubiera hecho desinteresadamente, él se habría mostrado más agradecido. Pero lo había extorsionado, ¿qué creía que iba a pasar?

—¡Mira, mamá! ¡Ese chico lleva una falda de flores!

El niño señaló a Alex mientras se alejaba y Paula solo pudo admirar su entereza para salir con dignidad del apuro.

—Es lo último en ropa de baño, chaval. ¿Es que acaso no has mirado las revistas de moda últimamente?

Tras su pregunta, le guiñó un ojo al crío y continuó su camino.

Paula empezó a maquinar en ese mismo momento dónde, cómo y cuándo le pediría el primero de sus siete besos.

EL PRIMERO

Habían hecho las paces. Alex no comprendía muy bien por qué, puesto que aquella bruja lo había dejado desnudo en una playa solo por no acceder a sus exigencias. Tenía pensado cortar con ella, mandarla a freír espárragos y dedicarse lo que quedaba del verano a hacer surf con sus amigos. Sin embargo, cuando se reunió con Marta para darle la noticia, ella se mostró arrepentida y la mar de cariñosa.

«Muy cariñosa».

Y, otra cosa no, pero buena estaba un rato. ¿Iba a negarse el placer de estar con ella por una pataleta? Otro cantar sería cuando las vacaciones terminaran y cada uno volviera a su rutina diaria. Alex estaba convencido de que aquella relación tenía sus días contados, no perduraría más allá del verano. Porque Marta tenía un cuerpazo y era muy accesible, pero, aparte de eso, él no encontraba en ella ningún otro aliciente que alimentara el fuego que los unía.

—¿En qué piensas?

Estaban en la piscina de Puertomar y ella acababa de salir del agua para acercarse a la tumbona donde descansaba. A Alex le gustaba pasar allí las tardes. Se estaba tranquilo y los padres de la chica no molestaban demasiado. Tampoco el resto de sus tíos o primos. Marta le había contado que la gran casona era propiedad de sus abuelos y que ya era una costumbre que toda la familia pasara allí los veranos. La gran piscina junto con el hermoso jardín era, en opinión de Alex, lo mejor que tenía el lugar.

—Bueno, estaba pensando en que es una lástima que cuando acabe el verano me tenga que marchar —le contestó, mirándola con deseo. Ese día se había puesto un minúsculo biquini que no dejaba mucho a la imaginación.

Ya habían hablado de eso. Alex había querido dejarlo todo muy claro cuando empezaron a salir: se había matriculado en la Universidad de Barcelona para cursar allí sus estudios de Empresariales. Dejaría la isla en cuanto el verano tocase a su fin y no pensaba mantener ninguna relación con nadie a distancia.

—Una verdadera lástima —ronroneó Marta, inclinándose hacia él para besarlo en los labios.

Gotas de agua de su pelo le cayeron sobre el pecho y Alex volvió a pensar que aquella chica era una delicia. Estaba convencido de que no sentía ni una pizca de lástima, aunque así lo proclamara. Marta cambiaba de novio como cambiaba uno de ropa cada temporada, por lo que ambos se dedicaban a disfrutar de aquello mientras durase sin preocuparse por el futuro. Era muy simple, era la relación de verano ideal.

—Buenas tardes.

La voz aniñada puso fin a su beso y los dos se giraron para mirar a la recién llegada. Paula estaba extendiendo su toalla encima de una de las hamacas, sin importarle haber resultado inoportuna.

—Cielo, ¿hoy no salías con tu amiga Carolina? —le preguntó su prima, apretando los dientes en una sonrisa forzada.

Alex también se tensó. Llevaba días esperando el ataque de aquella cría caprichosa, temiendo que se le apareciera en cualquier instante para reclamar la recompensa por haberle ayudado a salir de su apuro. Al ver que la ocasión no llegaba, supuso que la niña había recapacitado. Sin embargo, al estudiar la parsimonia con la que se acomodaba a pocos metros de ellos, supo que el peligro no había pasado.

—Habíamos quedado, sí —respondió Paula a su prima—. Pero a última hora se ha ido con sus padres a no sé qué de unas compras... Así que, pasaré aquí la tarde.

—Pues qué bien —rezongó Marta, apartándose de Alex con desgana. Miró impotente cómo su prima pequeña sacaba la crema para el sol y un libro de su bolsa, y supo que los momentos de intimidad con Alex se habían esfumado—. Voy a preparar algo de merienda, en vista del giro de los acontecimientos. ¿Quieres algo, churri?

—Eh, sí, claro. Si no es molestia. Muchas gracias.

Marta se enrolló en su toalla antes de entrar en la casa y desaparecer.

Paula habló nada más perderla de vista.

—Qué educadito...

—Y tú qué inoportuna.

—Ya. Lo siento, pero lo que he dicho es verdad. Y no voy a privarme de una tarde de piscina porque tú quieras comerle la boca a mi prima sin que nadie te moleste.

Alex no supo reaccionar a su comentario. Al principio, sus atrevidas palabras le chocaron; aquella mocosa no tenía pelos en la lengua. Luego, una fugaz sonrisa le curvó los labios.

—¿Detecto un rastro de celos en tu acusación?

Paula se volvió como un resorte. Lo fulminó con la mirada y se dirigió hacia él, sentándose en la tumbona que momentos antes ocupaba su prima.

—¿Por qué habría de estar celosa?

Él se incorporó y también se sentó, colocándose frente a ella. Se inclinó hacia delante para hablar, de modo que sus rostros quedaron muy cerca el uno del otro.

—Porque te gusto. Estás coladita por mí.

—¡Ja! Eres bastante presumido, ¿no crees?

A pesar de que aparentaba dureza, el rubor de sus mejillas la dejaba al descubierto. Paula sabía que se estaba metiendo en terreno peligroso; no sabría salir del charco en el que se estaba hundiendo.

—Sé que las crías como tú se vuelven loquitas por los chicos mayores, ¿a que sí? Y si ese chico, además, es el novio de su prima, mucho más.

A Paula le hubiera gustado tener el valor de abofetearlo como en las películas. ¿Por qué siempre la humillaba? Pensó que aquel era un buen momento para atacarlo donde más le molestaba.

—Quiero el primero de mis siete besos —le soltó a bocajarro.

Alex suspiró, exasperado. Lo estaba temiendo... y allí lo tenía, al fin.

—¿En serio? ¿Insistes en esa tontería?

—No es ninguna tontería, lo prometiste.

—¿Por qué? ¿Por qué yo? ¿No puedes ir a molestar a otro?

—No tengo otro a mano. Nunca he besado a nadie... excepto a ti el otro día. Y me faltó algo, sé que tiene que haber más. Quiero que me enseñes a besar bien, para que cuando al fin me encuentre con un chico que de verdad me importe, sepa cómo debo hacerlo para dejarlo impresionado.

Los ojos de Alex se dilataron por la sorpresa. Se echó hacia atrás para poner algo de distancia entre los dos.

—Así que lo que pretendes... ¿es que te dé clases de besos o algo así? ¿Te has vuelto loca?

—No hace falta que me expliques nada, si no quieres. Tú muéstrame cómo se hace y ya tomaré nota yo para no olvidarlo.

Aquella chica era increíble. Hubiera entendido mucho más que su capricho fuera causado por una fijación infantil hacia él. No era la primera vez que le ocurría; llamaba la atención de las chicas y ya había tenido que desencantar a unas cuantas que no paraban de perseguirlo. Pero Paula... Ella había encontrado un resquicio por el que colarse y lo estaba aprovechando.

Se fijó en sus labios. Lo cierto era que los encontraba bastante apetecibles. Eran una de las pocas cosas que se salvaban en un rostro aniñado y todavía sin definir. Recordó el beso en su habitación, que no había sido en absoluto desagradable, pero que hizo saltar una alarma en su interior. Simplemente, porque su instinto le había pedido que profundizara mucho más en él y Alex comprendía que aquello estaba mal. Muy mal. La niña solo tenía catorce años, ¡por el amor de Dios!

Sus ojos abandonaron los labios carnosos y se posaron en la mirada azul de ella. Estaba decidida, no podría convencerla de que se olvidara de aquella locura. Cuanto antes terminara la tarea, antes se podría deshacer de esa cría pegajosa.

—Muy bien, me rindo —admitió, con un suspiro—. ¿Lo quieres ahora?

—Ahora es muy buen momento. No hay nadie, y cuando Marta se mete en la cocina, suele tardar un rato.

Alex la miró muy serio. De pronto, la idea de besarla le desbocó el corazón. Se amonestó mentalmente por ello.

—Vale. Entreabre los labios.

Paula frunció el ceño ante la petición, pero obedeció y abrió la boca de manera exagerada.

—No tanto —le explicó él, tomándola de la barbilla para colocarla como quería.

Se acercó despacio y ella cerró los ojos, a la expectativa. Alex atrapó con delicadeza el labio superior entre los suyos y la besó. Después hizo lo mismo en la comisura de la boca, rozando apenas con su lengua, y por último apresó su carnoso labio inferior y succionó con suavidad.

Cuando se apartó, Paula tuvo deseos de gritar por la frustración que sentía. ¿Eso era todo? Había sido delicioso... ¡tan suave! Pero de nuevo había notado que allí faltaba mucho más. Alex tampoco la había tocado en esta ocasión, salvo con su propia boca, y ella se había tenido que aferrar a los bordes de la hamaca para no echarle los brazos al cuello y atraparlo para que no escapara. Notaba el corazón disparado y un latido cargado de anhelo en la boca del estómago. Abrió los ojos justo para ver cómo él ya se estaba levantando de su sitio para alejarse de ella.

—Voy a ver si tu prima necesita ayuda —le dijo sin mirarla a la cara, con la voz algo enronquecida.

Paula lo observó hasta que entró en la casa. Acto seguido, furiosa, se sacó el vestido que llevaba y corrió a la piscina, saltando de cabeza al agua fría, sin pensar, para ahogar todas sus frustraciones.

El segundo

Alex había tratado de no pisar Puertomar desde el incidente de la piscina con Paula. No quería encontrarse con la chica, no quería volver a estar a solas con ella. Ya la había besado dos veces, y las dos veces había notado una agitación en el pecho que no podía ser sana. ¿Era posible que aquella criatura delgaducha y sin formas le hiciera sentir cosas? Tal vez solo eran remordimientos, se dijo. Por hacerlo a espaldas de Marta, por permitir que aquella cría atosigadora lo acorralase de ese modo. Era eso, seguro.

Sin embargo, por más que intentó librarse, aquel día no tuvo más remedio que acudir al hogar de los Ferrera. Marta se había torcido un tobillo el día anterior en la playa, y le había rogado que fuera a verla un rato, ya que ella no podía casi caminar. Decirle que no hubiera resultado muy grosero por su parte; así que allí estaba, con una caja de bombones en la mano y los ojos frenéticos barriendo cada rincón del salón, rogando por no encontrarse con la mirada azul de Paula.

La madre de Marta había ido a buscarla y le había pedido que se pusiera cómodo, pero ¿cómo estar tranquilo? En cualquier momento, esa pequeña arpía podía aparecer por la puerta para volver a ponerlo de los nervios.

Y, justo como temía, como si lo hubiera olido desde su habitación, Alex escuchó unos pasos saltarines bajando por la escalera para, segundos después, detenerse a la entrada de la puerta del salón.

—Buenas tardes, Paula —susurró.

—He oído a mi tía decir que estabas aquí. Hacía mucho que no venías.

—Solo unos días. No es tanto.

—Tampoco te he visto en la playa...

Alex miró al techo, perdiendo la paciencia.

—No. He estado probando nuevos sitios para hacer surf. —Frunció el ceño al darse cuenta de lo que hacía. ¿Le estaba dando explicaciones? Era tonto del culo por seguirle el juego.

Paula se dirigió al sofá donde él estaba sentado. Alex se fijó en que los pantalones cortos que llevaba hacían que sus piernas parecieran más largas. También se dio cuenta de que su pecho, bajo la camiseta rosa de tirantes, no era tan voluminoso como el día en que le prestó su vestido playero. Recordaba haberla visto con un biquini verde y haber pensado que, para lo joven que era, poseía una buena delantera. Obviamente, y a la vista de su indumentaria de ese momento, a la chica le gustaba adornarse con postizos. Desvió la vista hacia cualquier otro lugar para que ella no se diera cuenta de lo que pensaba. Un comentario acerca de lo que acababa de descubrir podría herir su orgullo para siempre; después de todo, no era más que una cría...

—¿Vas a quedarte mucho rato? —le preguntó, al tiempo que se sentaba en el sofá junto a él.

Alex se levantó de inmediato para alejarse.

—¿Por qué quieres saberlo?

—Bueno... he pensado que tal vez podríamos tachar otro de los besos que tenemos pendientes. Ya que me cuesta tanto pillarte, tengo que aprovechar ahora que te tengo aquí.

—Eres muy pesadita con este tema, ¿no crees?

—Vaya, vaya... Intentas escaquearte, ¿verdad? Me diste tu palabra, Alex.

—¿Por qué no te buscas un novio de tu edad? —le espetó con crueldad.

Paula se levantó del sofá para hacerle frente. No parecía muy molesta por su pregunta.

—No cambies de tema. Que yo tenga novio o no lo tenga es irrelevante. Tú tienes novia y aun así ya me has dado dos besos.

Esa criatura acababa con la paciencia de cualquiera. Se escucharon las voces de Marta y su madre en el piso de arriba; en un par de minutos estarían entrando por la puerta del salón. Aquello era demasiado... Alex se sentía acosado por esos ojos azules que exigían el pago de su deuda. Algo explotó en su interior en ese momento, no pensaba pasar el resto de la tarde como si estuviera sentado sobre un polvorín, con Paula revoloteando a su alrededor.

—¡Está bien, tú ganas! Quedamos en la playa dentro de dos horas, en las piedras del otro día. Pero ahora lárgate, no quiero que estés por aquí mientras estoy con tu prima.

—De acuerdo —dijo ella, asintiendo satisfecha con la cabeza.

Salió del salón antes de que Marta apareciera, y Alex solo pudo suspirar aliviado por habérsela quitado de encima... De momento.

Estaba nerviosa. Tenía un nudo en el estómago y sabía que la culpa era solo suya. No tenía que haber presionado a Alex de ese modo. ¿Qué le estaba pasando con ese chico? Era el novio de Marta y no podía dejar de pensar en él.

—Soy una mala persona —dijo en voz alta, mirando el vaivén de las olas del mar en la base de las rocas.

Cerró los ojos y rememoró los dos besos que se habían dado hasta el momento. Los dos, en su opinión, increíblemente dulces... pero faltos de algo. ¿De qué? Eso era lo que se proponía averiguar. Le había dicho a Alex que quería aprender a besar, y era cierto, en parte. También quería saber todo lo que un chico como él podía hacerle sentir. Así tendría algo con lo que soñar cuando se hubiese cobrado la deuda que tenían pendiente.

—Buenas tardes.

La voz masculina, grave y algo ronca, la sobresaltó. Abrió los ojos y se giró hacia él para comérselo con la mirada. Nadie le quitaría jamás de la cabeza que era el chico más guapo con el que se había cruzado. Llevaba unos vaqueros y una camiseta azul claro que resaltaba su piel tostada. El pelo moreno le caía desordenado por la cara enfurruñada y le daba un aire irresistible.

—Hola, Alex.

Él emitió un sonoro suspiro de fastidio.

—¿Puedo hacerte una pregunta?

—Sí, claro —respondió ella, con algo de miedo ante su tono.

—¿Por qué siete? Le he estado dando vueltas, pero no le encuentro ningún sentido. ¿No te bastaba con uno? ¿Por qué tienes que conseguir siete?

—Digamos... digamos que el siete es mi número.

No iba a explicarle que, con siete años, se había dado cuenta de lo voluble que era el amor. Que siete pastelitos habían sido los culpables de que ella se llevara la mayor desilusión de toda su vida. Que, a partir de aquel día, el número siete siempre había tenido una connotación negativa en su vida y pretendía acabar con esa especie de maldición.

Alex pareció aceptar aquella explicación tan simple y dio un paso hacia ella.

—Terminemos con esto de una vez por todas.

Paula lamentó que sonara tan frío y enfadado. Pero claro, ¿qué esperaba? Lo estaba obligando a hacer algo que no quería. Aquello no estaba bien. Sin embargo, sus hormonas adolescentes tenían otro punto de vista y no pensaban dejarlo estar.

—De acuerdo.

Se aproximó a él e inclinó la cabeza. Cerró los ojos y entreabrió los labios, como le había enseñado.

—No, así no. Esta vez no.

Ella lo miró, extrañada y algo cortada por su tono seco.

—¿No? Bueno, pues dime cómo…

—Hoy me besarás tú. A ver cómo lo haces.

Alex se apoyó de espaldas contra una de las rocas y se cruzó de brazos. Aquella postura no invitaba a acercarse para besarlo, más bien parecía como si hubiera levantado una barrera entre los dos. Pero Paula era cabezota… ¡vaya si lo era! Y acudió a su encuentro cogiendo aire para armarse de valor.

Tuvo que alzarse de puntillas para llegar a su boca. Apoyó las manos en sus hombros para mantener el equilibrio. Él jamás la había tocado, pero a ella no le quedó más remedio. Posó los labios con suavidad sobre los de Alex y presionó. Se dio cuenta de que él no los había dejado entreabiertos y eso la extrañó, porque en la primera lección le había dicho que se hacía así. A lo mejor quería ponérselo difícil. Atrevida, ella sí abrió un poco la boca y lo acarició tímidamente con la lengua, esperando una reacción por su parte.

Una reacción que no llegó.

Era como besar a un maniquí.

Al final, se rindió. Besó su labio superior a modo de despedida y se separó de él.

—¿Ya está? ¿Satisfecha? —preguntó él nada más alejarse.

Paula notó un nudo en la garganta y escozor en los ojos ante su irritante frialdad. No pudo articular palabra por miedo a romper a llorar, aunque, por fortuna, tampoco le hizo falta. Alex no pensaba quedarse a charlar. Se levantó de la piedra donde estaba apoyado y pasó por su lado sin mirarla siquiera. Se marchó con paso apresurado por la arena de la playa y ella se quedó sola, con los labios palpitando de frustración y el alma herida de vacío...

Alex caminó deprisa para perderla de vista cuanto antes. Sabía que había sido brusco, incluso cruel. Pero no le había quedado más remedio... ¡Joder! ¡Aquella chiquilla lo estaba volviendo loco! Había tenido que hacer un verdadero esfuerzo de contención para no responder a su tierna caricia. Sentir esa pequeña lengua acariciando sus labios había sido demasiado excitante y había estado a un paso de perder su autocontrol. No podía ceder... ¡Por Dios bendito! Ella solo tenía catorce años, ¿en qué estaba pensando? Por unos segundos, mientras ella se apoyaba contra su cuerpo para poder acceder a su boca, le habían pasado mil imágenes imposibles por la cabeza. Paula era dulce, olía muy bien, y no se podía engañar al respecto: había sentido la electricidad que pasaba de un cuerpo a otro con el contacto. Su inocencia lo mataba, el modo en que lo había besado, tímida y suave, lo había dejado atontado.

—Esto está mal, muy mal —masculló, antes de echar a correr para desfogarse y sacarse del cuerpo el embrujo de esa pequeña arpía.

El tercero o el desastre del Club Náutico

Lloró toda la tarde y parte de la noche. Paula no podía dejar de pensar en lo ocurrido, en lo patética que debió de resultarle a Alex, mendigando unos besos forzados. A la mañana siguiente ya lo tenía decidido: nunca más. No volvería a acercarse a él, no lo obligaría a pagar el resto de su deuda.

Cuando se reunió con su amiga Carolina en la piscina de la casa familiar, a la mañana siguiente, le contó todo lo que había ocurrido desde el momento en que lo encontró desnudo en las rocas. Se sintió mucho mejor al desahogarse con ella, pero no estaba preparada para la reacción de su amiga.

—¿Y dices que todavía no te ha dado un morreo en condiciones?

—Acabo de explicártelo, no quiere ni verme. ¿Cómo va a querer besarme como es debido?

—¡Ah, no! Entonces no te puedes rendir... Todavía no. —Carolina se sentó al lado de su amiga y le cogió la mano para trasmitirle confianza además de obligarla a prestar atención—. Mira, tú y yo no nos vamos a encontrar con un maromo como Alex en mucho tiempo. Tal vez nunca consigamos atraer a alguien así. Tu prima está acostumbrada a chicos como él, pero tú y yo no.

—Porque ella tiene diecisiete años, Carol, y nosotras catorce... Los chicos que se interesan por nosotras son niñatos. Los mayores jamás nos mirarán como miran a mi prima Marta.

—Por eso voy a cambiarte la imagen. Creo que Alex no ha reparado en lo guapa que eres porque no te sabes sacar partido.

—Alex opina que soy una cría pegajosa y molesta.

—Pero ¿opinaría eso si te presentaras ante él con una bonita minifalda, un top de infarto y maquillada como tu prima?

Paula abrió la boca ante aquella ocurrencia descabellada.

—¿Top de infarto? —Se señaló el pecho con énfasis—. ¿Tú me has mirado bien?

Carolina hizo un gesto con la mano para quitarle importancia a su falta de volumen.

—Haremos igual que con el biquini del otro día. Nadie lo sabrá y estarás increíble.

—No sé, Carol, no lo veo claro...

La rubia se acercó y colocó las manos sobre los hombros de su amiga para mirarla a los ojos.

—¿Tú quieres saber lo que se siente cuando un chico como Alex te besa a conciencia? ¿Quieres notar cómo el estómago se te vuelve gelatina, cómo se te dispara el corazón, cómo toda tu piel reacciona pidiendo más?

—En realidad —confesó Paula, en un susurro—, ya he sentido todo eso con él. Es ese «algo más» que me pide el cuerpo lo que me está matando...

La sonrisa picarona de Carolina lo dijo todo. Apretó sus hombros con confianza y determinación.

—Pues no voy a dejar que te quedes con las ganas —le aseguró—. Esta noche hay fiesta en el Club Náutico y creo que Alex y sus amigos tienen pensado ir. Tu prima sigue con el tobillo hinchado, por lo que tendrás el campo libre. Lo vas a dejar alucinado, tendrá que besarte con todas sus ganas.

Las palabras de Carolina encendieron el corazón de Paula, que comenzó a fantasear con el momento en que eso ocurriera. Acalló la vocecita de su cabeza que le aconsejaba ser prudente y no cometer ninguna locura. Después de todo, ¿qué podía perder por probar?

Una banda tocaba música en vivo, temas de los ochenta y de los noventa que amenizaban la velada en el Club Náutico. Alex y sus amigos disfrutaban de unos refrescos en la terraza, cerca de la barbacoa donde estaban preparando algunos de los platos que podrían degustar gracias a la entrada que habían pagado por acceder a la fiesta.

—Eh, Alex, allí hay una chica que pregunta por ti —le avisó uno de sus colegas, llamando su atención.

El aludido pensó de inmediato en Marta, y en que era una suerte que hubiera podido asistir a pesar de su tobillo herido.

Pero no.

Cuando acudió al lugar que le señalaban, se topó cara a cara con una Paula disfrazada como una muñeca de feria. Le fastidió verla allí, pues era obvio que continuaba con su acoso y derribo. Le molestó verla vestida como si tuviera veinte años en lugar de catorce, con la cara maquillada de manera exagerada. Y su pecho... El día anterior no tenía pecho, ¿y de repente usaba una noventa de sujetador? Aquello era el colmo. ¿Se había creído que él era idiota?

—¿Qué haces aquí, Paula? —la recriminó cuando se acercó a ella, con cara de pocos amigos.

—¿Tú qué crees? Trato de divertirme, como todos —contestó, ignorando el mal humor del chico.

—Esto es de locos… Paula, tienes que terminar de una vez con esta persecución.

Ella frunció el ceño.

—¿Y quién te ha dicho que te estoy persiguiendo? A lo mejor he venido a pasarlo bien y punto, eso no significa…

—Paula… —la cortó él, enfadado—. Mi colega me ha dicho que me estabas buscando. Déjate de tonterías. ¿Qué quieres de mí?

La chica se cruzó de brazos y se puso seria. Alex vio que su falso pecho se elevaba con el gesto, pero no dijo nada.

—Quiero mis besos. No pararé hasta que haya conseguido los siete.

Notó cómo la poca paciencia que le quedaba se esfumaba hasta desaparecer por completo. Ya estaba harto, aquello era inaguantable. Posó sus ojos sobre los labios pintados de rojo y luego descendió con su mirada hasta los pechos postizos que subían y bajaban por la respiración agitada de Paula. Tuvo una idea terrible, pero que, seguramente, lo libraría para siempre de ella.

—Muy bien, vamos. —La cogió de la mano y tiró con fuerza para arrastrarla tras de sí—. No importa si te doy ahora todos los que quedan y saldo mi deuda de una vez, ¿verdad?

Paula estaba aturdida… y asustada por la dura expresión en el rostro de Alex. Aquello no estaba yendo como se había imaginado. Él no había quedado hechizado con su nuevo aspecto, no había reaccionado en absoluto como Carol dijo que lo haría. Tomó nota mental de no volver a hacer caso a su amiga nunca más en asuntos de chicos.

Alex la condujo al interior del Club, lejos de la gente, hasta una sala vacía que los socios del lugar usaban para sus reuniones. Cerró la puerta tras de sí y no encendió la luz. Consideró que la iluminación exterior de la fiesta, que entraba por los cristales de los ventanales, creaba la atmósfera ideal para lo que tenía en mente.

—¿Cuántos nos quedan? —preguntó, sin más preámbulos—. ¿Cuatro, cinco?

Paula nunca lo había visto tan enfadado. Tuvo miedo y, de repente, ya no quiso estar allí.

—Déjalo, perdona… No he querido molestarte, aunque es obvio que eso es lo que he hecho.

Dio un paso hacia la salida, pero Alex se interpuso, cortándole el camino.

—Ah, no, no. ¿Y estar esperando a que aparezcas otro día por sorpresa para continuar atosigándome? Ni hablar.

De improviso, Alex la agarró de la cintura y la llevó hasta la mesa de reuniones, donde la elevó para dejarla sentada encima. Paula emitió un jadeo, presa del pánico. Cuando él se acomodó entre sus piernas y la minifalda se le subió hasta más arriba de los muslos, le puso una mano sobre el pecho para apartarlo.

—¿Qué haces? Déjame salir de aquí ahora mismo.

—No, preciosa. ¿Quieres tus besos? Yo te voy a dar uno que vale por todos los que te debo. No tengas miedo… no voy a hacerte daño. Solo es un beso, lo prometo.

La voz de Alex sonaba ronca y le resultó bastante agradable, a pesar de la violenta situación. Aún mantenía las grandes manos sobre su cintura desnuda. Carolina había insistido en que enseñara el ombligo con ese ridículo top que jamás se habría podido poner si no fuera por el relleno del sujetador. El calor que le trasmitían sus manos era abrasador…

—¿Solo un beso? —preguntó, aún dubitativa. Se notaba temblar entre sus brazos y lamentó parecer una cría asustada. En realidad, eso es lo que era.

—Te lo prometo —repitió él, aproximándose más.

Se inclinó sobre ella sin explicarle cómo quería que colocara sus labios. No hizo falta. Al principio, solo acarició su boca con un cuidado exquisito, al mismo tiempo que una de sus manos descendía para deslizarse por uno de sus muslos al aire. Al notarlo, Paula cogió aire, momento que él aprovechó para atrapar sus labios con más exigencia. El chico movió los suyos a un ritmo mucho más atrevido y, de improviso, hundió su lengua en el interior de la boca femenina.

La sorpresa hizo que ella intentara apartarse, pero la otra mano de él la sujetó por la nuca para evitarlo. El baile lento de su lengua acariciando sus labios, sus dientes, cada rincón de su boca, logró que su cuerpo temblara de emoción. Sin duda, aquel sí era un beso completo. El estómago se le volvió gelatina, la piel le ardía clamando por más caricias, tal y como Carol había predicho. Deseó que aquel instante no terminara nunca...

Así que le devolvió el beso. Ella también usó su lengua, tímida al principio, pero más osada según profundizaba en todas las sensaciones que estaban despertando en su interior. Sin darse cuenta, lo abrazó para pegarlo más a ella. ¡Aquello era increíble!

Y él debía de pensar lo mismo, porque lo escuchó gemir. La mano que acariciaba su muslo volvió a ascender hasta su cintura, dejando un rastro caliente por su piel. Y siguió subiendo... cada vez más, hasta colarse por debajo del top. Paula estaba tan concentrada en las maravillas de su boca, que no se dio cuenta, hasta que fue demasiado tarde, de dónde había metido él la mano.

—¿Qué coño es esto…? —preguntó Alex, separándose con brusquedad al tiempo que sacaba de debajo del top el calcetín enrollado que había usado la chica para rellenar el sujetador.

Paula se quiso morir.

Miró, estupefacta, la mano masculina sujetando la prueba de que aún no estaba lo suficientemente desarrollada como para lucir la prenda que llevaba. Después, sus ojos buscaron los de Alex y lo que vio en ellos hizo papilla su corazón.

Lo había hecho aposta. La había humillado adrede. Por su gesto de triunfo, supo que él sabía desde el principio lo que ocultaba bajo la ropa, y eso la mortificó aún más.

Así que el beso había sido solo una excusa, una gran mentira urdida para ponerla en evidencia. Le dolía el pecho y le faltaba el aire. Notaba la cara ardiendo de vergüenza y no pudo evitar que los ojos se le llenaran de lágrimas.

Antes de hacer aún más el ridículo, le arrebató el calcetín enrollado de la mano y lo apartó de un empujón para salir corriendo.

—Buenas noches, Paula —escuchó que le decía a sus espaldas.

No se detuvo. Escapó de aquella sala con la cara surcada de lágrimas y los brazos tapándose los pechos para que nadie más la viera de aquella guisa. Alejandro Luna había conseguido su objetivo, porque no pensaba volver a acercarse a él en la vida…

Verano del 2015. Cuevas del Drach en busca del perdón

Había resultado ser un bello espectáculo, pero él no lo había disfrutado. La música, las luces, la atmósfera de ensueño… todo pasó a un segundo plano, eclipsado por el recuerdo de aquella noche fatal acontecida diez años atrás. Apenas se dio cuenta cuando todo terminó y el público se puso en pie, aplaudiendo.

—Qué bonito —exclamó Leticia, su acompañante—. ¿Quieres cruzar el lago en una de las barcas? A mí me hace mucha ilusión…

Alex intentó concentrarse en su pregunta. Miró, algo atontado, cómo la gente se aglomeraba frente al pequeño embarcadero y supuso que tendrían que estar un buen rato en la cola para poder hacer el viaje.

—Yo preferiría no subir a una de esas. Me mareo.

—¿Estás de coña? Te pasas el verano haciendo surf, ¿y te mareas en una barca?

—Me marea la muchedumbre. Pero no quiero aguarte la fiesta, así que ve tranquila, yo te esperaré en el otro lado.

Leticia frunció los labios en un gesto de decepción. Alex sabía que era la primera vez que ella visitaba las cuevas y el paseo en barca era un capricho al que no estaba dispuesta a renunciar. Si él no se hubiera topado con Paula, la habría acompañado gustoso. Sin embargo, deshacerse de su compañía durante unos minutos le venía muy bien para poder acercarse al fantasma de su pasado y pedirle las disculpas que se merecía.

—Muy bien, como quieras —susurró Leticia, resignada—. Voy a ponerme a la cola. Te veré luego.

Se alejó entre la multitud y Alex suspiró aliviado. Enseguida, sus ojos comenzaron a buscar desesperados a la joven con uniforme que había puesto patas arriba su conciencia con aquel encontronazo.

La divisó al fondo, guiando a los visitantes que no querían montar en las barcas para que salieran ordenadamente por el pasillo lateral del lago. Se dirigió hacia allí con paso decidido, notando que el corazón le latía desbocado en la garganta. No sabía si ella lo había reconocido. No sabía si ella *querría* reconocerlo. Después de todo, había sido un auténtico cabrón aquella fatídica noche.

—¿Paula? ¿Eres tú?

La abordó estando ella de espaldas. De este modo, no le costó tanto pronunciar su nombre. Notó que la espalda femenina se tensaba y se quedaba más rígida de lo normal. La chica se giró despacio y, cuando sus ojos al fin se toparon con los suyos, supo que lo había reconocido desde el principio. No tenía que preguntar por qué había disimulado, por qué le había hablado como si fueran dos extraños. En ese instante, lo miraba con el mismo dolor en los ojos que llevaba atormentándolo durante demasiado tiempo.

—Alejandro Luna.

Fue lo único que dijo. Y fue suficiente, porque en su nombre estaba todo el daño, toda la acusación, toda la humillación que la hizo sentir diez años atrás.

—Paula… estás… estás diferente.

Era una observación estúpida. Y desafortunada. Lo descubrió en cuanto ella le replicó con amargura.

—Sí. Mi cuerpo tardó un poco más de lo habitual en desarrollarse, pero, gracias al cielo, lo hizo. Ahora puedo ponerme sujetadores sin tener que rellenarlos con calcetines.

Fue como un puñetazo en la boca del estómago. Lo dejó sin respiración. Sin duda, seguía siendo la misma Paula que conoció, sin pelos en la lengua, franca y atrevida.

—Perdóname —le dijo, suplicándole con la mirada—. Fui un cretino, jamás debí hacerte eso... Pero me estabas volviendo loco. No encontré otro modo de deshacerme de ti.

La observó apretar los labios. Esos labios carnosos y deseables que no había podido olvidar en todos esos años.

—Pues tu estratagema fue muy eficaz. Se me quitaron las ganas de volver a estar cerca de ti, te lo aseguro. A día de hoy, sigo queriendo mantenerme lejos, así que, si no te importa, estoy trabajando.

Paula lo despachaba sin más. Le dio la espalda y se alejó unos pasos. Sin despedirse, sin perdonarlo. Alex descubrió de pronto que no podía dejar las cosas así, era superior a sus fuerzas. La siguió, embobado con el contoneo de sus caderas embutidas en aquel uniforme. «Mi cuerpo tardó un poco más de lo habitual en desarrollarse —había dicho ella—, pero, gracias al cielo, lo hizo. ¡Y cuánta razón llevaba! Deseó descubrir qué había debajo de aquel pantalón que marcaba un trasero muy bien torneado. Casi no se percató de que ella se había detenido y estuvo a punto de chocar contra su espalda. Cuando se giró, los ojos azules lo miraron con extrañeza al encontrarlo tan cerca.

—¿Querías algo más? ¿No encuentras la salida? —preguntó con acidez.

Lejos de desanimarlo, su actitud beligerante fue el acicate que necesitó para redoblar sus esfuerzos.

—Quiero que me perdones —dijo, sencillamente.

Paula guardó silencio durante lo que pareció una eternidad. Sus ojos dejaban entrever la lucha interna que mantenía, supuso, entre la humillación que sentía —que sintió— y la lógica de perdonar algo que había sucedido tanto tiempo atrás.

—Te perdono —proclamó, con palabras huecas.

Él frunció el ceño por la frustración que lo invadió ante su falta de sentimiento.

—No te creo.

—Ese es tu problema.

Se giró de nuevo para alejarse y Alex no pudo resistirse. La retuvo agarrándola por un brazo y ella saltó como si le diera calambre.

—¡Suéltame! —exclamó, muy alto.

La gente de alrededor se detuvo para mirarlos con extrañeza. Alguien se abrió paso hasta ellos y se acercó a Alex con cara de pocos amigos. Era uno de los compañeros de Paula, a juzgar por su uniforme, aunque su aspecto era mucho más amenazador e intimidatorio que el de la chica. Un auténtico matón, pensó Alex, cuando tuvo el metro noventa de aquel tipo musculoso encima de él.

—¿Qué ocurre aquí? Paula, ¿te está molestando?

—No, tranquilo, Bruno. Mi amigo ya se marchaba.

Alex notó que la ira prendía en su interior. Nadie iba a decirle lo que tenía que hacer, y no había terminado de hablar con ella.

—Te equivocas. Aún no me voy. No me moveré de aquí hasta que terminemos nuestra conversación.

Los ojos de Paula mostraron su sorpresa. ¿Creía acaso que ella era la única cabezota, la única capaz de no parar hasta conseguir lo que se proponía? Él también era muy obstinado, y estaba dispuesto a demostrárselo.

—Yo no quiero hablar contigo —le siseó, apretando los dientes—. No me interesa nada de lo que tengas que decirme.

Alex se acercó a ella dando un paso más, ignorando el hecho de que un corro de curiosos contemplaba cada uno de sus movimientos.

—Sin embargo, me escucharás. Me lo debes.

Ahora Paula abrió la boca, alucinada.

—¿Que te lo debo? ¿Yo?

—Sí. ¿Quién fue la que me atosigó, la que me persiguió sin tregua hasta volverme loco? Reconócelo, tú también tienes parte de culpa. Me obligaste a hacer cosas que no quería para pagarte una estúpida deuda.

—¿Estúpida?

—Sí, muy estúpida. Pudiste mostrarte generosa aquel lejano día en la playa, pudiste haberme ofrecido tu ayuda sin más... Pero no. Tenías que torturarme. ¿Aún piensas que yo fui el único culpable de lo que sucedió?

Ella jadeó por la indignación.

—¡Yo no te torturé! ¡Por Dios, era una cría! ¡Lo que hiciste tú sí que fue odioso!

—Te olvidas de que yo también era un crío.

—¡Eras mayor!

—No mucho más que tú, Paula. ¿Es que no te das cuenta? Los dos...

—¡No, los dos no! —lo cortó, sin querer dar su brazo a torcer—. Lo que tú hiciste aquella noche fue demasiado cruel, demasiado retorcido. No se puede comparar... Y yo no puedo olvidarlo.

Se soltó de su agarre pegando un brusco tirón, con la intención de huir de allí cuanto antes. Alex no se rindió. Fue tras ella y alargó la mano para retenerla de nuevo, pero algo se lo impidió.

Mejor dicho, *alguien*.

Aquel matón llamado Bruno lo sujetó por un hombro con fuerza para impedirle llegar hasta la chica.

—Ya has oído a la señorita —lo advirtió—. Déjala tranquila, no quiere hablar contigo.

—Mira, no quiero problemas...

—No los tendrás. Márchate de inmediato.

—¿Me vas a obligar tú?

Alex no entendía lo que estaba sucediendo. ¿Por qué se enfrentaba con ese armario de dos puertas? Aquel hombre solo hacía su trabajo, pero maldita la gracia que le hacía que su trabajo consistiera en alejarlo a él de Paula. Si no hubiera estado tan cegado, tan aturdido por las emociones que habían despertado en su interior con el reencuentro, lo habría dejado correr y hubiera buscado un momento mejor, fuera de esas cuevas, cuando no los estuvieran observando decenas de mirones, para acercarse de nuevo a ella y terminar su conversación.

Pero estaba fuera de sí. Desesperado por conseguir que ella le prestara atención. No dejaba de ser una auténtica ironía, por cierto. Diez años antes, había huido de Paula cada vez que lo abordaba. Ahora, las tornas habían cambiado. Y se sintió tan ridículo, que antes de darse cuenta de lo que hacía, se deshizo de la enorme mano que lo sujetaba pegándole un fuerte empujón a su propietario.

El rugido del tipo llamado Bruno lo sorprendió. En un segundo, los puños de aquel gigante lo apresaron por la pechera y lo elevaron del suelo. Todo dio vueltas a su alrededor y lo siguiente que notó fue el impacto del agua helada contra su cuerpo.

¡Aquel pedazo de cabrón acababa de tirarlo al lago Martel sin cortarse ni un pelo!

Pasado por agua

El inconfundible sonido de un cuerpo cayendo al agua hizo que Paula se girara a tiempo de ver cómo la cabeza de Alex emergía del lago para coger aire con la boca abierta. Ella también tenía la mandíbula desencajada de puro asombro. ¡Bruno lo había tirado al lago!

—¡Ay, madre! ¿Qué has hecho? —Corrió hacia la barandilla de seguridad y se asomó para comprobar que Alex nadaba hacia la orilla sin problemas.

—Perdona, se me ha ido la mano… Me he calentado.

Paula lo miró con los ojos muy abiertos.

—¿Te has calentado? ¡No puedes hacer eso! Ya tienes una amonestación en tu expediente, Víctor te despedirá cuando se entere de esto.

El grandullón se pasó una mano por la cara, arrepentido. Paula sintió rabia ante la impotencia de aquella situación. Bruno era muy impulsivo, no medía las consecuencias de sus actos y no era la primera vez que se metía en un lío por defender a alguno de sus compañeros. Por defenderla a *ella*. Meses antes, un tipo se había puesto agresivo con Paula en una de las visitas cuando lo amonestó por saltarse el cordón de seguridad para hacerse una foto en una zona a la que no se podía acceder. Bruno había acudido en su ayuda y terminó dándole un puñetazo al desatado visitante para que se tranquilizara. No fue la mejor manera de ponerlo en su sitio. Poco después, les llegó la correspondiente denuncia y su jefe, Víctor, estuvo a punto de despedir a Bruno. No lo hizo porque Paula intercedió, explicándole que lo ocurrido había sido un caso muy puntual y debido a la naturaleza violenta de aquel tipo en cuestión. Sin embargo, Bruno ya tenía una mancha en su expediente y ambos sabían que, después de lanzar a Alex al lago, tenía muy pocas posibilidades de conservar su empleo.

—¡Dios mío, Pau! ¿Qué he hecho? —El grandullón se tiró de los pelos, muy agobiado—. ¿Qué me pasa? No puedo perder el trabajo, ahora no...

Su compañera le apretó un hombro, comprensiva, sin apartar la mirada de Alex. Había conseguido llegar a la orilla y salir con ayuda de algunos de los turistas. No parecía herido, menos mal. Solo hubiera faltado que su cabeza hubiera chocado con alguna roca al caer al agua o que se hubiera roto algo. Entonces sí que su amigo estaría en problemas.

Y Paula sabía que era el peor momento del mundo para que Bruno perdiese el empleo. Su mujer se había quedado embarazada, otra vez, y el bebé que venía en camino era ya el cuarto. En su casa solo trabaja él y su situación económica era precaria. Paula no sabía qué sería de ellos si Bruno se quedaba sin su sueldo.

—Tranquilo, lo resolveremos, arreglaremos este desastre —le prometió, sin saber muy bien cómo iba a cumplir esa promesa.

—No... me despedirá. Me tiene ganas, se lo he puesto a huevo.

Era cierto. Víctor ya le había advertido en más de una ocasión. Pero el carácter de Bruno era incendiario, y enterarse de que su mujer estaba esperando el cuarto niño lo había vuelto más volátil. El pobre hombre estaba acojonado de verdad por lo que se le venía encima y saltaba a la mínima, como acababa de hacer con Alex, para su desgracia.

—Espera aquí. Hablaré con él.

Paula cogió aire antes de dirigirse hasta donde se encontraba la víctima del mal humor de su compañero. No sabía muy bien qué podía decirle, cómo podía disculparse para que olvidara aquel incidente. Hacía diez años que no veía a Alejandro Luna y se dio cuenta de que no lo conocía en absoluto. Solo habían intercambiado unos cuantos besos en el pasado y unas cuantas conversaciones muy tensas, con él siempre a la defensiva. Y ese día, el día de su reencuentro, ella había tenido que soltar por su boca todo el veneno que llevaba acumulando durante demasiado tiempo en lugar de mostrarse conciliadora...

La iba a mandar a hacer puñetas, seguro.

—Alex, ¿te encuentras bien? —preguntó, mientras se abría paso entre la gente que trataba de ayudarlo.

La mirada de él la paralizó en el sitio. Estaba furioso... Casi como si ella lo hubiera arrojado con sus propias manos al lago.

—Tu amigo se ha pasado tres pueblos, ¿no te parece? —le escupió, mientras escurría con rabia el agua de su camiseta—. ¿Se mete muchos anabolizantes en el gimnasio?

Uf. Estaba claro que Alex no lo iba a dejar pasar.

—Escucha, no es lo que crees. Bruno tiene problemas personales... No trato de excusar lo que ha hecho, porque tienes razón, se ha pasado.

—Mucho.

Paula miró alrededor. La gente no les quitaba ojo, pendientes de la conversación, así que lo cogió del brazo y lo arrastró hasta un lugar más apartado para poder hablar con confianza.

—Escucha, tienes que perdonarlo. Está bajo mucha presión y no es la primera vez que un encontronazo con un visitante se le va de las manos. Sabe que ha hecho mal, se arrepiente y estoy segura de que te pedirá disculpas sinceras... Pero no aquí. Mi jefe no puede enterarse, por favor.

—¿Tu jefe?

—Sí. Bruno ya tiene una advertencia pendiendo sobre su cabeza. Si descubren lo que ha pasado hoy, lo despedirán... Por favor, échanos una mano, esto es grave.

Paula escudriñó su rostro empapado en busca de alguna chispa de generosidad. Alex continuaba muy serio, muy furioso, contemplándola a su vez, en silencio.

Tras un largo minuto, al fin una sonrisa torcida apareció en su cara. Y Paula no supo por qué, pero aquel gesto le dio aún más mala espina que su mirada ceñuda.

La PRIMERA CITA

Paula volvió a asomarse a la ventana para escrutar la calle. Alex le había dicho que iría a Puertomar para buscarla y llevarla a cenar, pero no había concretado ninguna hora.

Nada, ni rastro del hombre que había reaparecido en su vida de sopetón para volverlo todo del revés.

Suspiró y se acercó al espejo del armario para examinar su imagen. ¡Qué lejos estaba ese reflejo de la adolescente flacucha que había sido! Llevaba puesto un vestido ligero de verano con falda de vuelo y tirantes, de un color celeste que hacía juego con sus ojos. Comprobó con satisfacción que su cuerpo lo rellenaba perfectamente, sin dejar partes huecas y sin dar la sensación de que le estuviera dos tallas más grandes. A pesar del tiempo que había pasado, Paula aún debía fijarse en esos detalles antes de salir por la puerta... Era consciente de que el complejo infantil duraba ya demasiado, pero no podía evitarlo.

En la calle, el ruido del motor de un coche que se acercaba llamó su atención. Corrió a la ventana y su corazón saltó en el pecho al darse cuenta de que aquel todoterreno desconocido tenía que ser el vehículo de Alex. Observó cómo la figura masculina se apeaba y enfilaba por el camino principal de la finca. El recuerdo de la primera vez que lo vio, asomada a esa misma ventana, la asaltó de improviso. Se le encogió el estómago y la piel se le puso de gallina al comprobar que se había convertido en un hombre atractivo y magnético. Alex caminaba con una confianza en sí mismo que imponía, vestido con unos vaqueros y una camiseta sencilla, de color negro, parecía el rey del mundo. Y ella la tonta que aún temía mirarlo a los ojos y encontrarse con aquel gesto de burla que hizo papilla su corazón y su orgullo en el pasado.

No quería ir con él.

Se dio cuenta justo en el momento en que Alex llamó al timbre de la puerta. Si hubiese podido, se hubiera escondido bajo la cama para que nadie la encontrara...

Pero no podía hacer eso.

Para salvar a Bruno del desastre, se había comprometido a escuchar la proposición que quería hacerle a cambio de no denunciar a su compañero. Paula quiso saber de qué estaba hablando esa misma tarde, en las cuevas, pero Alex se negó a mantener aquella conversación delante de todos los mirones y de la tal Leticia, su acompañante, que acudió a su lado en cuanto bajó de la barca en la que cruzó el lago, escandalizada al encontrarlo empapado de pies a cabeza.

—Iré a buscarte para cenar —le había dicho, antes de que la rubia chillona se acercara—. Entonces hablaremos de cómo puedes ayudar a tu amigo.

No tuvo opción. No podía alargar la dantesca escena que estaban protagonizando si quería que su jefe no se enterara de lo sucedido. Así que accedió... y ahora tenía a Alejandro Luna, su infierno personal, llamando a la puerta de Puertomar.

—Venga, sin miedo —se dijo a sí misma, antes de abandonar el refugio de su habitación para bajar las escaleras y reunirse con su visitante en la planta baja.

—¡Paula! ¿Te acuerdas de Alex? —le preguntó su prima Marta en cuanto entró en el salón, donde su familia ya estaba saludando al invitado.

Todos parecían revolucionados con la inesperada visita. Sus padres, sus tíos, su embarazadísima prima... Alex tenía la vista clavada en su prominente barriga, pero la alzó para mirarla en cuanto Marta hizo aquella pregunta.

—Sí, claro —contestó, tratando de reponerse del impacto que aquellos ojos causaban en su interior—. De hecho, ha venido a buscarme a mí.

Los labios de su prima adoptaron un rictus crispado ante esa información. Se frotó la barriga con una mano y Paula supo que no estaba contenta, porque ese era un gesto que siempre hacía cuando algo le disgustaba.

—¡Vaya! ¿Y eso?

—Me encontré a Paula esta mañana en las cuevas —contestó Alex por ella—. Los dos nos alegramos mucho de volver a vernos y decidimos que teníamos que ponernos al día. Así que la invité a cenar… No quería que su jefe le llamara la atención por charlar con un viejo conocido en horas de trabajo.

—¡Ah! Qué pena, si nos hubieses avisado, hubiéramos organizado algo aquí en casa. Así todos nos podríamos haber puesto al día. A fin de cuentas, hace años que no sabemos nada de Alex.

La pulla de su prima iba directa contra ella. ¿Era posible que le sentara mal que hubiera quedado con su exnovio y no le hubiera dicho nada? ¡Pero si Marta estaba felizmente casada y embarazada de su primer hijo! Paula no comprendía nada. Aun así, se sintió con la necesidad de darle algún tipo de explicación. Abrió la boca para decir algo, pero Javier, el marido de Marta, acudió al rescate.

—Cariño, ahora que sabemos que el gran Alex ha regresado a la isla, tenemos tiempo de quedar con él otro día para charlar y enterarnos de cómo le ha ido la vida. —Se acercó a su mujer y le pasó un brazo posesivo por los hombros—.

Y, si ellos han decidido quedar a solas, será que tienen cosas que contarse que los demás no tenemos por qué escuchar, ¿me equivoco?

Paula enrojeció hasta las orejas. Había olvidado que Javi era un miembro de la pandilla de su prima cuando eran adolescentes. Había sido uno de los colegas de Alex en el pasado, conocía el romance que había tenido con la que ahora era su mujer y, casi seguro, se había enterado también de lo ocurrido entre ellos aquel verano. Los chicos siempre se contaban esas cosas, ¿o no? La posibilidad de que Javi conociera los detalles de su relación pasada con Alex la sofocó. Aunque, también podía ser que, simplemente, estuviera marcando su territorio y no quisiera que viejos amores perturbaran la buena química que tenía con su esposa. «Ojalá sea esto último», pensó Paula, sintiendo cómo el rubor se le extendía hasta la base del cuello.

—No pensé que os iba a encontrar aquí también —admitió Alex—, de lo contrario, no hubiera hecho una reserva solo para dos. La verdad es que tengo ganas de reunirme con todos los del grupo, hace mucho que no nos vemos. Trataré de organizar algo otro día, si queréis.

—Estaría muy bien... —empezó a decir Marta.

—Pues no se hable más —la interrumpió Alex antes de que se entusiasmara demasiado—. Una fiesta en la playa será divertida, ya os diré el día y la hora. Paula, será mejor que nos marchemos ya, tenemos la reserva de la mesa a las nueve.

—Sí, sí, vamos.

Ella tampoco quería prolongar aquella incómoda situación.

Salieron y caminaron en silencio hasta el todoterreno de Alex. Una vez dentro, Paula se animó a preguntar.

—¿Adónde me llevas?

En cuanto lo dijo, se dio cuenta de lo tensa que estaba. Debía de parecer un cordero al que llevaban al matadero, porque él le dedicó una fugaz mirada y una media sonrisa ladeada que le causó un escalofrío.

—Es una sorpresa —contestó, con tono misterioso.

—No me gustan las sorpresas. Te agradecería que me dijeras ya lo que quieres de mí, sin tanto misterio.

—¡*Wow*! ¡Qué prisas, Paula! Tranquilízate, tenemos toda la noche. De momento, te llevo a cenar, como le he dicho a tu familia. —Alex hizo una pausa y ella aprovechó para observar sus enormes manos sobre el volante, hasta que giró la cara un segundo para mirarla y se vio obligada a buscar sus ojos—. Por cierto, estás muy guapa.

No esperaba el cumplido y se ruborizó. Y también sintió cómo todas las emociones que creía tener enterradas desde hacía años empujaban con fuerza para volver al exterior. Alex seguía pareciéndole uno de los hombres más guapos que había conocido en su vida y Paula notaba cómo empequeñecía en su presencia una vez más. La imagen de su atractivo rostro, burlándose de ella aquella horrible noche en el Club Náutico, llenó por sorpresa su mente. Se agarró con fuerza a la manilla de la puerta y desvió la vista hacia la oscuridad del camino para espantar ese pensamiento.

—¿Quieres que ponga algo de música?

—Sí, por favor. —Cualquier cosa era preferible a tener que escuchar los ecos del pasado en su cabeza.

Alex apretó el botón de la radio y la canción *Heaven*, de Bryan Adams, comenzó a sonar como si estuviera preparada de antemano.

—Venga ya —se le escapó a Paula.

—¿Qué?

—¿Lo has hecho aposta?

—¿De qué hablas?

Paula lo miró con los ojos muy abiertos. Señaló la radio a pesar de que él tenía los ojos fijos en la carretera.

—De la cancioncita.

—¿Qué le pasa a la canción? ¿No te gusta Bryan Adams?

Madrecita. ¿Que si no le gustaba? Le encantaba; de hecho, aquella era una de sus canciones favoritas. Lo malo era que le recordaba demasiado a él... y a todo el tiempo que había perdido fantaseando con cosas imposibles.

—Olvídalo.

Guardaron silencio y dejaron que la voz rasgada del canadiense inundara el espacio que los separaba. Paula suspiró y comprendió que estaba metida en un buen lío cuando, al mirar a Alex de reojo, durante la estrofa más apasionada, se le erizó el vello de todo el cuerpo...

La propuesta de Alex

Paula ya conocía de antes el restaurante Sa Canova y opinaba que era un lugar muy acogedor. Nunca se había imaginado teniendo una especie de cita con Alex allí, por supuesto; y tal vez por eso la sorprendió tanto que él hubiera elegido ese sitio.

Los acomodaron en una de las mesas del patio central, adornado con columnas y donde el techo se abría en una cúpula de cristal.

—Es un sitio precioso —susurró Paula al tiempo que se sentaba.

—Sí que lo es.

Se miraron mientras el camarero les entregaba las cartas y esperaron hasta que se marchó para volver a hablar. Fue ella la que abordó el tema sin rodeos. No pensaba pasarse la noche con los nervios en tensión.

—Muy bien, ya estamos aquí. Estamos solos y nadie nos interrumpirá. ¿Puedes decirme de una vez lo que pretendes? ¿Cuál es esa proposición tan misteriosa que querías hacerme a cambio de no denunciar a Bruno por su comportamiento?

Alex le mostró una sonrisa que le resultó odiosa. Se tomó su tiempo para contestar, bebiendo antes un sorbo del vino que el camarero les había servido al llegar.

—Esto me recuerda a cuando yo me encontraba en apuros, en aquellas rocas de la playa, y tú tuviste la oportunidad de ayudarme desinteresadamente... —susurró, con los ojos chispeantes de diversión—. Pero no lo hiciste.

—No —respondió, tragando saliva—. Era joven y estúpida, y muy egoísta. Lo siento. Si pudiera volver el tiempo atrás, lo haría todo de diferente manera, puedes creerme. Todo.

Alex chasqueó la lengua y se inclinó hacia ella.

—Pero no puedes. Ninguno de los dos podemos regresar al pasado para cambiar lo que ocurrió.

—Tú no pareces muy preocupado por ello —le echó en cara, al ver la maliciosa sonrisa que bailaba en sus labios.

—No lo estoy. Esta mañana sí, te lo prometo. Traté de pedirte disculpas y me topé con tu airado orgullo... Y mira por dónde, también encontré, sin buscarla, una oportunidad de oro para hacer borrón y cuenta nueva.

Alex volvió a coger su copa y bebió con parsimonia, sin apartar la mirada de sus ojos. Paula esperaba que dijera algo más, que aclarara a qué narices se estaba refiriendo. Pero él no añadió nada.

—¿Vas a guardar el secreto, o es que te gusta oírme preguntar?

—Directa y sin pelos en la lengua, tal y como te recordaba.

—Venga, va, habla de una puñetera vez. Estoy a punto de tirarte esta copa de vino a la cabeza, te lo advierto.

Alex volvió a reírse y ella estuvo tentada de cumplir su amenaza.

—De acuerdo, tranquila. Esperaba que pudiéramos hablar como viejos amigos que se reencuentran, pero, al parecer, eso para ti es imposible.

—¿Y no entiendes por qué? —Paula elevó la voz, que sonó chillona y alterada. Carraspeó, incómoda, y miró hacia todos lados para comprobar si había llamado mucho la atención. Cuando volvió a hablar, lo hizo en un murmullo tenso y furioso—. Desde aquella última noche que pasamos juntos he imaginado cómo sería estrangularte con mis propias manos un millón de veces. Y ahora, de pronto, apareces como si no hubiera ocurrido nada, como si no me hubieras amargado la existencia de manera cruel e innecesaria. Lo siento, pero no puedo perdonarte así sin más. Es superior a mis fuerzas. Es que no... no puedo.

La sonrisa del rostro de Alex se había ido borrando según hablaba. Ahora la miraba tan serio, que Paula pensó que se levantaría y la dejaría allí plantada antes siquiera de haber empezado a cenar.

—Bien. Pues por eso lo que quiero proponerte es hacer borrón y cuenta nueva.

Alex tuvo la osadía de coger su mano por encima de la mesa. Paula notó un chispazo cuando la tocó e intentó retirarla con brusquedad, pero él la retuvo.

—Suéltame.

—Primero, escucharás lo que tengo que proponerte, Paula. Yo te estoy ayudando con tu amigo, el cual, te recuerdo, me ha agredido y me ha tirado al lago sin cortarse ni un pelo. Lo mínimo que puedes hacer es fingir un poco de amabilidad, aunque no la sientas.

—No se me da bien fingir sentimientos tan alejados de la realidad.

—Paula...

—¡Está bien! —Forzó una sonrisa que le quedó muy falsa y ladeó la cabeza con coquetería—. Dime, Alex, ¿cómo pretendes que hagamos borrón y cuenta nueva? ¿Qué propones?

El chico suspiró y palmeó su mano con resignación antes de soltarla.

—Ni siquiera yo estoy seguro de que esto vaya a salir bien, pero, en fin. Aunque no lo creas, me siento mal por lo que te hice. Ese recuerdo también me ha acompañado a mí todos estos años y ahora que tengo la oportunidad de enmendar mi error, tengo que aprovecharla. No quieres perdonarme y lo entiendo. Así que quiero borrar todos los besos que te di, todos, y empezar de nuevo.

Paula parpadeó. Estaba atónita.

—Perdona... ¿qué? —consiguió decir, con un hilo de voz.

Alex recobró su sonrisa ladeada en el momento de contestar.

—Quiero volver a darte los siete besos que me pediste, como si nunca hubiera saldado mi deuda. Quiero que me dejes volver a pagar el favor que un día me hiciste en la playa.

—Te has vuelto loco. —No era una pregunta, era la constatación de un hecho.

—Pero esta vez —continuó hablando él, obviando su comentario—, seré yo quien decida dónde, cuándo y cómo. ¿Hay trato?

—Yo ya no quiero tus besos, Alex. Y mucho menos que me pagues aquel favor que nunca debí haberte cobrado.

—Sí, ya sé que tú no quieres mis besos... No quieres nada mío, lo has dejado muy claro. Pero, por eso mismo, te estoy haciendo chantaje. O accedes a jugar a mi juego, o mañana me planto delante de tu jefe con una denuncia contra tu compañero de trabajo. Así de simple.

Alex tuvo el descaro de guiñarle un ojo tras sus palabras. Ella se sintió atrapada y casi deseó haber pospuesto la conversación hasta que terminaran de cenar. Ahora no podría tragar nada. Lo único que se le ocurrió fue coger su copa de vino y apurarla dando largos tragos con la esperanza de que el alcohol le hiciera efecto a la mayor brevedad.

—¿Quieres más? —preguntó Alex con sorna cuando ella se limpió los labios con el dorso de la mano.

—Sí, por favor.

—¿Vas a aceptar mi propuesta?

Los ojos azules de Paula se concentraron en los suyos unos segundos infinitos. Quería que él notara cuánto lo odiaba por haberla puesto en ese brete.

—Supongo que, por el bien de Bruno, no me queda más remedio que aceptarla, ¿verdad?

—Verdad.

Alex sirvió más vino para los dos y luego levantó su copa con la intención de sellar el pacto con un brindis. Paula elevó la suya admitiendo la derrota.

—Pues entonces, acepto.

—No sabes cuánto me alegro.

Chocaron sus copas y bebieron. Paula volvió a apurar la suya de un solo trago mientras Alex la observaba, divertido.

—Será mejor que te controles un poco, princesa, no quiero darte el primero de los siete besos estando borracha.

Paula se atragantó al escucharlo y tosió y lagrimeó durante casi un minuto antes de poder volver a hablar. O, más bien, farfullar.

—¿Hoy? ¿Vas a querer el primer beso… hoy?

—En cuanto terminemos la cena y te lleve hasta la puerta de tu casa. ¿Te parece mal?

Así, sin anestesia. Paula no era capaz de dilucidar lo que en realidad le parecía, porque aquello estaba yendo demasiado rápido.

Por suerte, Alex no esperó a que respondiera y llamó al camarero para dictarle la comanda. Aprovechó que ella se encontraba en estado de *shock* para pedir lo que le dio la gana sin consultarla, aunque de todos modos no le importó demasiado. Sabía que no sería capaz de probar bocado…

incomplete

La cena resultó, a pesar de todo, agradable. Alex cambió de tema en cuanto les sirvieron la comida y empezó a hablar de los años que había pasado en Barcelona estudiando la carrera de Empresariales. Paula, con ayuda de las tres copas de vino que Alex le permitió ingerir (a la cuarta le quitó la botella y le puso un vaso de agua delante), consiguió relajarse lo suficiente como para escuchar y reírse con las anécdotas que le contaba.

Nunca le había escuchado hablar tanto, lo que fue casi peor, porque descubrió que el chico además de guapo era simpático y tenía sentido del humor. Maldita fuera su suerte. ¿Cómo iba a salir indemne de aquella situación? Volvería a destrozarla, estaba convencida.

De regreso a casa, en el coche, la radio se empeñó en torturarla con otra balada lenta que le recordaba demasiado a su triste adolescencia. *Incomplete*, de los Backstreet Boys, sonaba lenta y desgarradora en el interior.

But without you all I'm going to be is incomplete.

Simplemente genial.

—De verdad, no te creía tan moñas con las canciones. ¿Podemos cambiar de emisora? No sé, a lo mejor estaríamos más cómodos escuchando Máxima FM.

Paula intuyó la sonrisa de medio lado de Alex en la oscuridad del coche.

—Estoy ya muy ganso para la música electrónica, pero si tú la prefieres, puedes poner lo que quieras.

Ella no se lo pensó y buscó en el dial hasta dar con una canción machacona y estridente. Bajó el volumen y suspiró satisfecha. Esa melodía chabacana mataría cualquier sentimiento cursi que pretendiera aflorar durante el breve trayecto hasta su casa. Eso… y una pregunta que le llevaba rondando casi toda la noche por la cabeza. No se había atrevido a hacerla por si lo echaba todo a perder y Alex decidía que lo mejor era, después de todo, denunciar al descerebrado de Bruno por agresión.

—¿Puedo hacerte una pregunta?

—Claro.

—Pero tienes que prometerme que, aunque mi pregunta remueva tu conciencia, no te arrepentirás del trato que acabamos de hacer.

—Tendrás tus siete besos, tranquila. Nada de lo que digas podría hacerme cambiar de opinión, te lo aseguro.

Paula frunció el ceño. No era eso a lo que se refería.

—Me dan igual tus siete besos. Por mí, como si al final decides dárselos a un león marino —le aclaró, de mala leche—. Lo que quiero es que me prometas que dejarás a Bruno tranquilo, pase lo que pase entre nosotros dos.

Alex guardó silencio lo que a ella le pareció una eternidad.

—De acuerdo —dijo al fin—. Pero si yo prometo cumplir mi palabra, tú tampoco podrás escaquearte… No me gustan los leones marinos, demasiado bigote para mi gusto.

Una sonrisa traidora amenazó con curvar los labios de Paula tras aquel comentario. Pero la detuvo a tiempo.

—Bien, ¿y cuál es esa pregunta que querías hacerme? —inquirió Alex, al ver que ella había girado la cabeza para mirar por la ventanilla.

—Ah, sí… ¿Qué pasa con tu novia? Si no recuerdo mal, es una chica rubia, bastante tetona y sin respeto por las normas.

—Solo fue una foto, Paula. Tampoco es para tanto —contestó, recordando el encontronazo de aquella misma mañana.

—No se puede usar el *flash*, lo ponía bien clarito. ¿Acaso no sabe leer?

—Sí que sabe. De hecho, aunque puedas creer lo contrario porque tiene dos buenas tetas, es bastante inteligente.

—Si te gusta tanto, ¿por qué quieres ponerle los cuernos conmigo?

Alex giró la cabeza en un movimiento brusco para mirarla un segundo. Ella pudo ver su gesto de sorpresa antes de que devolviera los ojos a la carretera.

—En el pasado te importó bien poco que yo tuviera novia. De hecho, te recuerdo que era tu propia prima, y te dio igual que pudiera pillarnos en cualquier momento.

Uff, aquello la escoció. Porque era verdad. Claro que, también lo era que la relación de Alex y Marta estaba abocada al fracaso. Ella lo supo desde el principio, por eso tal vez se lanzó de cabeza a perseguirlo sin importarle las consecuencias. Ese conocimiento no la eximía de la culpa, por supuesto, pero, para Paula, lo que ocurrió en el pasado no era lo mismo que lo que estaba a punto de suceder entre los dos.

—Es cierto —reconoció—. Sin embargo, esto es distinto. Antes éramos críos; ahora, puedo estar interfiriendo en algo mucho más serio…

—Leticia no es mi novia —la cortó él—, puedes estar tranquila.

—¿No lo es?

—No. Es solo una amiga del trabajo. Nunca había estado en la isla y la estaba acompañando a hacer turismo.

—¿Solo turismo? —preguntó, levantando una de sus cejas castañas.

Alex volvió a sonreír de aquella manera que la ponía nerviosa.

—He dicho que no es mi novia, no que yo sea un santo y desaproveche una buena oportunidad cuando se me presenta.

—Vale, vale. —Esta vez fue ella la que cortó aquel discurso—. Demasiada información, gracias.

La risa masculina llenó el habitáculo y alcanzó las entrañas de Paula, que se removió en el asiento, incómoda. ¿Es que no iban a llegar nunca? Era una auténtica tortura tenerlo tan cerca, escucharlo reír, oler su aroma (sin duda, alguna colonia cara para hombres de esos vestidos con traje oscuro y mirada matadora) y reconocer que todo en él le gustaba, todo, excepto que se tratase del mismo cabrón que había hecho añicos su amor propio y su autoestima con solo catorce años.

—¿Y qué me dices de ti? —preguntó Alex de repente, sacándola de su trance—. ¿Tienes novio?

—No.

Él volvió a mirarla. Demasiado rato en su opinión, ya que donde debía tener los ojos era en la carretera y no en ella.

—¿Cómo es posible?

—Cómo es posible, ¿qué?

—Que los hombres de esta isla estén tan ciegos.

No fue lo que dijo, sino cómo lo dijo. Paula notó que algo se le derretía dentro y, al momento, se sintió tan estúpida que la furia barrió de un plumazo la cálida sensación.

—Puede que no dependa de ellos —escupió con rabia—. Tal vez soy yo la que no quiere tener nada que ver con ningún hombre.

—¿En serio?

—No he tenido muy buenas experiencias, tú lo sabes mejor que nadie. Y he descubierto que es mejor estar sola que mal acompañada.

De nuevo silencio. Y aquella música retumbante no ayudaba nada a relajar el ambiente.

—Espero que tu amargura no se deba solo al lamentable episodio del Club Náutico —susurró Alex, sin mirarla, al cabo de un rato.

Paula suspiró y observó con alivio que ya estaban frente a su casa.

—Hemos llegado y no quiero hablar más. Gracias por la velada.

Salió del coche en cuanto Alex lo detuvo y caminó con prisa hacia la entrada.

—Paula, espera —la llamó, yendo tras ella.

La alcanzó cuando sacaba ya las llaves de su bolso, aunque no hizo amago de abrir la puerta. Esperó, como él le había pedido, y levantó sus ojos azules para buscar su mirada.

—¿Qué? ¿Quieres darme las buenas noches? —Sonó muy borde, justo como ella quería.

—Por supuesto. Eso… y también el primero de los siete besos que hemos pactado.

—No me lo puedo creer.

—Vamos, ¿tanto te disgusta? —Alex se acercó a ella y la acorraló contra la puerta, poniendo las palmas de sus manos sobre la madera, al lado de su cabeza.

Los pensamientos de Paula se dispararon y tuvo miedo. Un pánico irracional y antiguo, un pavor atroz a volver a sentir algo mínimamente semejante a la humillación de aquel lejano día. Se quedó muy quieta, inmovilizada por el susto. Alex aprovechó para acercar la nariz hasta su cuello y acariciarla con suavidad.

—Hueles muy bien.

El aliento cálido le produjo un estremecimiento que le erizó los pezones. Si él lo notaba se moriría de la vergüenza. ¿Cómo se había metido en ese lío?

—Cierra los ojos —le ordenó Alex, en un susurro.

Ella obedeció, con el corazón desbocado. ¿Debía abrir la boca, ladear la cabeza? No estaba segura de poder resistir aquel asalto. La sangre le corría tan frenética por las venas que temió desmayarse. Se trataba de Alex, el chico del que se había enamorado como una loca. Alex. La persona que había invadido sus sueños durante todos aquellos años y ahora había aparecido, más adulto y mejorado, para recordarle por qué no se fiaba de los hombres; por qué, después de tanto tiempo, seguía teniendo miedo de los besos.

La nariz de Alex se deslizó como una pluma por su cuello y subió por su mentón. Paula cogió aire, preparándose para lo que fuera que tuviera pensado.

Y, entonces, él la besó en la mejilla.

—Buenas noches, Paula —musitó con ternura, aún pegado a su cuerpo.

Cuando ella abrió los ojos, Alex ya se alejaba por el camino en dirección al todoterreno. Dejó escapar el aire que había estado conteniendo y se llevó una mano a la zona donde él había depositado sus labios. ¿Eso era todo?

Se giró y abrió la puerta para entrar en la casa. Se apoyó contra la puerta una vez dentro e intentó que los latidos de su corazón se serenaran. No sabía a qué estaba jugando Alex, pero le agradecía que su primera toma de contacto hubiera sido breve y casta.

«¿En serio? —Escuchó una vocecita en su interior—. ¡Pero qué mentirosa eres!».

—Tú cállate —habló en voz alta, tocándose las sienes—, que calladita estás más guapa.

Alex ya sabía que Paula era diferente.

Lo había sabido durante todos aquellos años, porque no había podido olvidarla. Y la velada que acababa de compartir con ella no hacía más que confirmar su impresión. Paula era distinta y única. Y él un imbécil redomado por no haber hecho nada al respecto en todo ese tiempo que llevaban separados.

Nunca le había avergonzado reconocer que, a pesar de la putada que le había hecho en el Club Náutico, sacando su relleno del sujetador, no era solo remordimiento lo que sentía. No, no era eso. Aquella lejana noche, ya en casa, acostado en su cama, no pudo evitar rememorar cada detalle del húmedo e intenso beso que habían compartido antes de que él lo estropeara todo. Los cálidos labios de Paula sabían como había imaginado: dulces, inocentes y, al tiempo, incitantes y adictivos. Se había excitado besando a la niña… del mismo modo que se excitó después en su cama, recordándolo. Lo que sentía, lo que había sentido durante todos aquellos años cuando pensaba en Paula, era una mezcla de vergüenza y morbosa curiosidad. Durante aquel apasionado beso, habían pasado por su cabeza ideas descabelladas de lo que le hubiera gustado hacer con ella. ¡La chica tenía solo catorce años! Sin duda, era un pervertido.

Por eso, tal vez, su recuerdo lo había seguido atormentando cada día desde entonces. Y por eso, tal vez, nunca había pensado siquiera en la posibilidad de volver a verla. No quería descubrir lo bajo que podía caer aprovechándose de una niña… De una niña tan especial, además. Había algo en ella que la hacía diferente, que provocaba que él sintiera cosas que jamás había sentido. Muchas veces, ya lejos de la isla, mientras vivía su nueva vida en Barcelona, se encontró rememorando cada uno de los encuentros que había tenido con Paula y descubrió, no sin cierto asombro, que en el fondo le hubiera gustado no sacarle tres años de diferencia. Quizá entonces sus encuentros clandestinos hubieran terminado de manera muy distinta…

Sí, había pensado en ella. Había fantaseado con ella y por eso, después de tanto tiempo, el bochorno de desearla se le manifestaba en sueños. Pero jamás… jamás se había arrepentido de lo que le hizo, porque había sido necesario tanto para él como para Paula. Tenía que poner punto final a esa extraña relación que mantenían, así que nunca se había planteado que podía haber actuado de otra manera, que podía haber sido más comprensivo, más cuidadoso… menos cabrón.

Hasta esa noche.

Cuando le pidió a Paula el primero de sus besos, y ella se asustó como un conejo ante los faros de un coche en la carretera, comprendió todo el daño que le había hecho. Ignoraba si él era el único causante de su recelo hacia los hombres, o incluso si solo se ponía a la defensiva con él, pero era evidente que lo sucedido diez años atrás, en aquella sala vacía del Club Náutico, la había dejado seriamente marcada.

—¿Cómo pude ser tan capullo? —preguntó en voz alta dentro del coche, mientras conducía de regreso a casa.

Le había costado Dios y ayuda no lanzarse contra esos labios carnosos y sensuales cuando ella cerró los ojos, esperando el primer beso. Había recurrido a toda su fuerza de voluntad para rozarle apenas la mejilla y alejarse de allí a toda prisa, porque lo que deseaba era una cosa muy distinta. Paula olía tan bien, era tan dulce, estaba tan guapa...

Sin embargo, iría despacio. Quería que volviera a confiar en él y que, cuando la besara de verdad, no saliera corriendo despavorida. Iba a resultar complicado, no tenía duda, pero lo conseguiría...

Tapas y ostras

Al día siguiente, Paula acudió al trabajo con una bola en el estómago y ojeras bajo los ojos. No había dormido bien. Había dado vueltas y vueltas intentando gestionar todas las emociones que bullían en su interior como en un caldero hirviente. Eso era lo que Alejandro Luna hacía con ella, para su desgracia, después de tantos años.

—¿Qué tal con tu amigo? —le preguntó Bruno en cuanto se encontraron en las cuevas.

—Bien, tranquilo. No te denunciará.

El alivio en la cara de su compañero sirvió para que Paula se sintiera infinitamente mejor. Solo por eso merecía la pena, se dijo, y no podía echarse atrás.

—Se lo conté a Maika, y me ha echado una bronca de cuidado —se sinceró.

Maika era su mujer y a Paula le caía fenomenal. Era una auténtica muñeca, pequeñita, delgada y con aspecto de poder partirse si Bruno le daba un abrazo más fuerte de lo normal. Sin embargo, su carácter de amazona la convertía en la esposa ideal para el grandullón, y lo cierto era que lo manejaba a su antojo. En el buen sentido, claro. No había nada que Bruno no hiciera por ella, y viceversa. Eran una pareja entrañable y Paula envidiaba su relación… excepto por lo de los críos. Que ya iban por el cuarto, por el amor de Dios. En su opinión, no estaban los tiempos y los trabajos como para andar teniendo familia numerosa…

—Te echa la bronca porque te lo mereces.

—Creía que ibas a decir que porque me quiere —se quejó su compañero.

—Eso también. Y yo también te quiero, pero ayer te hubiera dado una colleja de las fuertes, de esas que te dejan el cuello rojo, por imbécil.

—Ehhh, te recuerdo que me la diste.

Paula lo miró y parpadeó varias veces.

—Pues tenía que haberte dado más fuerte aún, porque se me ha olvidado.

—Joder, Paula, a veces eres peor que Maika. Y, por cierto, estás invitada a nuestro *picnic* en la playa el sábado, a comer —le dijo—. Quiere agradecerte que me hayas salvado el culo otra vez.

—No tenía por qué, eres mi amigo. —Paula le apretó el brazo con cariño—. Iré encantada, siempre es un placer pasar un rato con tu familia.

Bruno premió ese comentario con uno de sus abrazos de oso antes de volver al trabajo. Paula lo miró alejarse por el tortuoso camino de roca de la cueva y comprobó que se sentía mucho mejor que cuando había llegado. Puede que para ella fuera un suplicio tener que aguantar las tonterías de Alex y sus siete besos, pero valía la pena solo por ayudar a su compañero.

Para su consternación, suplicio era una palabra que se le quedaba corta. El resto del día lo pasó intentado espantar de su mente el recuerdo de la noche anterior, de los labios de Alejandro Luna sobre su mejilla, de su olor metiéndose por cada poro de su piel. Se notaba tensa, frustrada... y a la expectativa. No sabía cuál sería el siguiente movimiento del hombre y odiaba estar a la espera. Tenía la sensación de caminar sobre una cuerda floja de la que podía caerse en cualquier momento. Y el batacazo sería de impresión, estaba convencida. Durante su jornada laboral estuvo despistada, no dio pie con bola y encima le habló de malos modos a una pobre señora que tiraba fotos... sin *flash*. Es decir, que no estaba incumpliendo ninguna norma y ella la había tratado como si fuera una delincuente. Por supuesto, recibió una mirada de odio y la amenaza de una queja a sus superiores.

Por fin, llegó la hora de salir y respiró aliviada. Si tenía que comportarse como una neurótica por culpa de Alex, prefería hacerlo en la intimidad de su casa antes que en el trabajo. Se cambió el uniforme por una camiseta de tirantes y un *short* vaquero y casi voló hasta el aparcamiento en busca de su coche, deseosa de escabullirse y meterse en el primer agujero que encontrara.

Por desgracia, había alguien esperándola, apoyado en la carrocería de su modesto Dacia Sandero. ¿Cómo se habría enterado Alex de cuál era el suyo?

—Me lo ha chivado tu enorme compañero —le dijo, nada más acercarse, como si hubiera leído la pregunta en su cara.

Paula pensó que no era posible que Alex estuviera aún más guapo que el día anterior, pero con sus vaqueros de cadera baja y un polo pijo de Ralph Lauren estaba para comérselo. Llevaba el pelo moreno bastante revuelto, supuso que por el aire, y no se había afeitado.

—¿Vas a perseguirme como hice yo contigo? —le soltó, a bocajarro.

Los labios masculinos se curvaron en una sonrisa de suficiencia.

—Eso es justo lo que pienso hacer.

—Si quieres te paso mi agenda y así me tienes localizada en cada momento —exclamó, tirante.

—Me sería de gran ayuda, la verdad. —Al decirlo se cruzó de brazos y los ojos de Paula volaron hasta el pecho amplio y sus bíceps bien definidos. Aquello iba a terminar mal... muy mal.

—Mira, estoy muy cansada y hambrienta. Llevo desde las siete de la mañana con un café bebido y, para cuando llegue a casa, serán casi las cuatro de la tarde. No tengo tiempo de discutir contigo, así que, venga, dame ya el maldito beso y apártate de mi coche.

Él movió la cabeza en un gesto de negación.

—¿Qué clase de hombre sería si me aprovechara de una hambrienta para besuquearla? Vamos, te invito a comer y luego ya veremos qué pasa.

—No.

—¿No?

—Ayer me invitaste a cenar. No puedo consentir que me pagues la comida todos los días.

—¿Y qué propones?

Paula lo pensó. No se lo iba a quitar de encima así como así, por lo que decidió terminar con ese tonteo de raíz.

—Yo te invito. —Nada más decirlo, lo señaló con el dedo para advertirle—. Pero, después, me dejarás tranquila... al menos por hoy.

—¡Vaya! ¿Es que acaso tienes planes para esta noche?

—Eso no es de tu incumbencia, pero sí. ¿Nos vamos?

Paula sacó las llaves de su coche y se acercó a él.

—¿Pretendes que me suba en este cacharro? Tengo mi todoterreno ahí mismo...

—Yo invito, yo te llevo.

Lo miró desafiante, sabiendo que él tenía mucho más poder que ella en aquella extraña situación. Después de todo, Alex no tenía nada que perder, al contrario que su compañero Bruno.

Para su sorpresa, el chico chascó la lengua y cedió, dando la vuelta para subir por el lado del copiloto. Y ella se puso más nerviosa todavía después de haber ganado esa pequeña batalla.

—¿Dónde vas a llevarme? —le preguntó, nada más arrancar.

Paula no tenía ni idea. Cuando no tenía nada preparado, ella se acercaba hasta Porto Cristo y tapeaba algo en un restaurante que conocía desde que había empezado a trabajar en las cuevas. Era pequeño, muy cuco y con unos camareros muy simpáticos que siempre le subían el ánimo. No es que fuera el lugar ideal para una cita, pero después de todo, aquello no lo era, así que, ¿por qué no?

—Vamos a uno de mis sitios favoritos para picar algo.

—Muy bien.

Durante el trayecto, Alex intentó ser amable, preguntándole por su trabajo y por el tiempo que llevaba como guía en las cuevas. Ella le explicó que, tras terminar la carrera de Turismo, surgió la oportunidad de suplir a una compañera y que, gracias a esa sustitución, consiguió un puesto fijo en la plantilla. No llevaba mucho trabajando allí, le dijo, pero era un buen empleo y estaba contenta. Gracias a la buena suerte que había tenido, estaba segura de que, en poco tiempo, podría independizarse y tener su propio piso, cosa que estaba deseando.

—¿Y tú? ¿Has vuelto para vivir aquí en la isla o solo para pasar el verano? —le preguntó.

—Solo para el verano. Tengo un piso en el centro de Barcelona, muy cerca de donde trabajo, es bastante práctico.

—Ah. —Paula se sorprendió al notar la chispa de decepción que sintió tras esas palabras. ¿Por qué? ¿A ella qué le importaba que Alex volviera a desaparecer en cuanto terminara sus vacaciones?

No supo qué más decir, así que respiró aliviada cuando vio que estaban cerca de su destino. Aparcó el coche frente a la entrada del local y solo con imaginar el plato de bravas que pensaba pedir le rugieron las tripas.

Se sentaron en una de las mesas de la terraza y Alex miró con una sonrisa a su alrededor.

—No me suena haber venido nunca —comentó.

—Aquí ponen muy buenas tapas, ya verás. Las patatas bravas son un escándalo.

—Mmm, también tienen un apartado de marisco... —susurró Alex mirando la carta—. Hoy recomiendan las ostras, ¿qué te parece?

—¿Sinceramente? Un asco. Nunca he logrado entender qué le ve la gente de glamuroso a eso de comerse un molusco gelatinoso.

Alex se echó a reír y llamó al camarero para que les tomase nota. Paula percibió que aquella risa grave y algo ronca iba a ser su perdición, así que, cuando le preguntaron qué quería para beber, eligió una cerveza con alcohol, a pesar de que sabía que luego tenía que conducir de regreso a casa. Todo estaba buenísimo ese día. O eso le pareció a Paula, que estaba disfrutando como una enana de la comida... y de la compañía. Llevaba ya dos cervezas y otras dos copas de vino, y puede que fuera por eso por lo que se lo estaba pasando tan bien. Normalmente, siempre comía sola cuando salía del trabajo y nunca bebía más que agua. Pero allí junto a Alex, con la brisa marina acariciando sus rostros, dejándose llevar por la conversación y el relax de aquel momento, se estaba mejor que en ningún sitio.

—¿Quieres la última patata? —le preguntó.

—Toda tuya.

Cuando trató de pincharla con el tenedor y se le escapó, se dio cuenta de lo mareada que estaba. Quedaba claro, no tenía ningún aguante con el alcohol. Alex decidió echarle una mano disimulando una sonrisa, y pinchó la patata rebelde con su propio cubierto.

—¿Sabes que trae mala suerte si la comida se cae del tenedor cuando va del plato a la boca? —la advirtió, antes de ofrecérsela.

Paula se sonrojó cuando separó los labios para tomar lo que le ofrecía. Le pareció un gesto demasiado íntimo para dos personas que apenas se conocían... pero no por ello dejó de disfrutarlo.

Cuando terminaron con todo, Alex llamó al camarero y pidió un último plato: media docena de ostras. Paula protestó por su elección y se negó en redondo ante la insistencia de Alex para que probara una.

—¿Qué pretendes? —le preguntó, alzando una de sus cejas castañas.

Él puso cara de inocente.

—¿A qué te refieres?

—¿Crees que no sé lo que dicen de las ostras?

—¿Que son un manjar delicioso?

—Sí, claro. Justo eso —espetó Paula, que se dio cuenta en ese mismo momento de que Alex tenía mucho más poder de convicción del que había sospechado. Si no, ¿por qué se estaba planteando en serio meterse una de aquellas cosas viscosas en la boca? ¿Solo porque un chico demasiado atractivo y simpático se lo propusiera? Definitivamente, había bebido demasiado.

—Venga, hay que arriesgarse con todo —insistió él—. ¿Cómo sabes que no te gustan si no las has probado?

—Te pareces a mi madre.

—Sí, supongo que esa es una frase que diría cualquier madre. Y, por eso mismo, es una verdad universal. Vamos, abre la boca.

Paula obedeció, algo renuente. Seguía sin tener muy claro que la textura de aquel bicho fuera agradable. Y, efectivamente, cuando notó su viscosidad en la lengua tuvo que contener una arcada.

—¡Oh, oh! No me gusta nada la cara que has puesto —bromeó Alex, echándose hacia atrás en su silla—. ¿Vas a vomitar?

Intentó retener aquella cosa, tragarla incluso, pero supo que, si lo hacía, su estómago se rebelaría con saña y sí, podría terminar vomitando. Así que actuó sin pensar. Agarró una de las manos de Alex y antes de darse cuenta de lo que hacía, le escupió la ostra en la palma.

—¡Ah, qué asco! Lo siento, pero no puedo comer eso, es que no puedo... —Se limpió la boca y la lengua con una servilleta mientras él se miraba la mano, pasmado, sujetando aún el molusco baboseado por ella.

—Creo que esto es, con mucho, lo más romántico que me ha ocurrido en una cita —intentó bromear, deshaciéndose de la ostra y limpiándose después con parsimonia.

Paula lo miró con un brillo divertido (y algo ebrio) en los ojos.

—Pues da gracias, porque te podía haber vomitado encima —dijo, echándose a reír.

Se dejó llevar y sus carcajadas lograron desinhibirla. Dios, ¿cuánto tiempo hacía que no se reía de ese modo? Puede que fuera por las cervezas y el vino que se había tomado entre tapa y tapa, pero lo cierto era que se lo estaba pasando bien... demasiado bien.

CONDUZCO YO

Alex nunca había escuchado un sonido tan maravilloso como la risa de Paula en esos momentos. La contempló embelesado, contagiado de su alegría. Su pelo castaño oscuro le caía por los hombros desnudos y enmarcaba un rostro de facciones perfectas. Siempre le habían gustado sus labios, incitantes y perturbadores. Pero ahora, además, el resto de sus rasgos habían madurado para armonizar el conjunto. Los enormes ojos azules iluminaban su belleza, rodeados de espesas pestañas que realzaban el color claro del iris. Era, simplemente, preciosa.

Y su risa… su risa era capaz de conseguir que el corazón le latiera más rápido. Solo deseó que no tuviera que emborracharla cada vez que quisiera escucharla, porque en las dos ocasiones que habían salido, ella había terminado un poco achispada. ¿Sería así siempre, lo necesitaría para poder hacerle frente? Esperaba que no. Esperaba derribar esa barrera que había levantado a su alrededor sin necesidad del alcohol para poder llegar hasta ella.

—Anda, vamos. Te llevaré a casa, dame las llaves de tu coche.

Paula dejó de reírse y se puso demasiado seria. Sin embargo, asintió con la cabeza y rebuscó en su bolso para sacar su monedero.

—Sí, tienes razón. Es hora de volver a casa, espera que pague.

—Ya he pagado yo.

—¡Eh, pensaba invitarte! —se quejó, con un tono infantil.

—Yo he sido el que ha pedido las ostras y ha conseguido que la factura se desorbite, así que no he tenido más remedio.

Ella se quedó mirándolo, como si le costara encontrar sentido a lo que decía.

—Ah, vale —dijo al final, guardando de nuevo el monedero y echando a andar hacia el coche.

Alex la siguió con una sonrisa, fijándose más de la cuenta en sus largas piernas y el trasero que rellenaba el *short* vaquero. Suspiró resignado, porque aquel era un premio que le iba a costar conseguir. Pero estaba dispuesto a intentarlo.

Cuando llegaron junto al coche, Alex volvió a pedirle las llaves. De ningún modo iba a dejar que condujera hasta casa en su estado.

—¿Insinúas que estoy borracha? —preguntó, apoyándose de espaldas contra la carrocería, llaves en mano.

—Jamás se me ocurriría insinuar tal cosa. Un poco achispada sí, pero borracha es una palabra muy fea, ¿no crees?

Ella se encogió de hombros en un gesto un poco dramático.

—Las hay peores.

—¿Sí? ¿Como cuál? —le siguió el juego.

—Calcetín.

Alex se quedó paralizado, a un metro de donde ella lo miraba, ahora desafiante.

—Paula...

—Calcetín enrollado, diría mejor. Un calcetín por sí solo no es horrible, pero cada vez que veo uno enrollado... —Se sacudió, como si un desagradable escalofrío le hubiese recorrido la espalda—. Por eso en mi cajón los encontrarás todos sueltos y revueltos, no hay ni uno emparejado.

—Paula, escucha...

—No. Sube al coche. Me quiero ir a casa.

Sus palabras sonaron firmes y sobrias, pero Alex sabía que no se encontraba en condiciones de conducir.

—Vamos, yo te llevo. Dame las llaves.

Se acercó dispuesto a cogerlas, pero ella levantó el brazo para alejarlas de su alcance. O, al menos, eso era lo que se pensaba, porque Alex era más alto y no suponía ningún impedimento.

—Paula...

Cuando intentó quitárselas, ella se las cambió de mano con una velocidad pasmosa y las escondió a su espalda. Alex la sujetó por la cintura y trató de hacerse con ellas, pero Paula estaba juguetona y forcejeó para evitarlo. Sin pretenderlo, sus cuerpos entraron en contacto y Alex terminó aprisionándola contra el coche, inmovilizándola.

—Quédate quieta de una vez —le susurró al oído—, eres como una lagartija.

—Y tú me aprietas demasiado... —se quejó.

Sí, Alex ya se había dado cuenta. Era consciente de cada parte del cuerpo femenino que rozaba el suyo, sobre todo de esos pechos generosos (seguro, nada de calcetines en esta ocasión), que se estrechaban contra su torso. Ella tenía la respiración acelerada y, hasta que sus ojos no se encontraron, no se dio cuenta de que él también tenía el pulso disparado. Estaban muy cerca, tanto, que era el momento ideal para el segundo de los besos que estaba deseando darle. ¿Se asustaría si lo intentaba?

—Eres muy guapo —le soltó Paula, muy bajito, clavándole esa mirada azul.

Esa chica siempre lo dejaba fuera de juego. Se suponía que él debía decirle cosas bonitas, no al revés. Se suponía que era ella la que tenía reparos, la que no soportaba mantener contacto con él. Que mostrara de esa manera sus sentimientos, lo descolocaba. Y lo hizo aún más cuando continuó hablando.

—Cuando te conocí, pensé que nunca había visto a un chico tan guapo. Fui muy estúpida, ahora lo veo. Alguien como yo no tenía ninguna posibilidad contigo y me empeñé en perseguirte sin tregua. Debí parecerte patética, ¿verdad?

Se le llenaron los ojos de lágrimas y a Alex se le encogió el corazón. Nunca le pareció patética, todo lo contrario. Tenía miedo de sus propias reacciones y, en ese momento, los dos apretados contra el coche, tuvo que recordarse que ya no tenía nada de lo que avergonzarse. Él tenía veintisiete años y ella veinticuatro. No había nada de malo en desearla, ahora sí podía corresponder a esa admiración que Paula había sentido por él en el pasado.

—Escucha, eres preciosa. Ya lo eras en aquel entonces, no lo dudes, pero éramos unos críos, los dos, y yo no podía...

—Bésame ya, por favor —le rogó, cortando su discurso.

Su cuerpo reaccionó con voluntad propia y se adueñó de los labios con los que tantas veces había soñado. No tuvo que decirle cómo colocar la boca, ya que la de Paula se amoldó a la perfección a las exigencias de la suya. Sus lenguas se encontraron a medio camino y se saborearon con ansia, como si ambos hubieran estado esperando ese momento durante mucho tiempo. Paula gimió y el sonido resbaló hasta el pecho de Alex, encendiendo todos sus sentidos. Se acomodó contra ella, entre sus piernas, saboreando despacio, pero con intensidad, cada uno de los matices de aquel beso increíble. Sus manos se colaron por debajo de la camiseta de tirantes y, apenas le rozó la piel de la cintura, Paula se apartó y le pegó un empujón para que se alejara.

—Basta, ya es suficiente.

—¿Lo es? —preguntó, aturdido, sin aliento, conteniéndose para no lanzarse de nuevo contra su boca.

—Sí. Ya tienes tu segundo beso. Llévame a casa, por favor.

Le tendió las llaves del coche y Alex fue testigo de cómo trataba de recuperar el dominio de sí misma. Tenía los labios enrojecidos, el pecho agitado por la respiración costosa y los ojos muy abiertos, como si no pudiera creerse lo que acababa de ocurrir.

—No tiene por qué ser así, Paula. Hablemos...

—No quiero hablar. ¿Querías otro beso? Ya lo tienes. Quiero irme a casa.

Alex suspiró, derrotado. Su plan de ir rompiendo el hielo poco a poco no estaba funcionando. Paula seguía escondida en su coraza y ni siquiera el alcohol había logrado que se relajara lo suficiente como para disfrutar de aquel beso salvaje.

O a lo mejor es que ya no sentía absolutamente nada por él.

Algo pesado y amargo le cayó como una piedra hasta el estómago. ¿Y si era eso? ¿Y si la estaba obligando... pero de verdad? Es decir, él siempre había dado por sentado que Paula estaba loquita por sus huesos y que su renuencia era solo resentimiento por lo ocurrido en el pasado. Pero ¿y si en todo aquel tiempo la atracción que ella sentía había desaparecido por completo? Solo de pensar en esa posibilidad, se sintió rastrero.

Y muy avergonzado.

—Venga, sube —susurró, cogiendo las llaves que ella le ofrecía para ponerse al volante y devolverla a su casa sin intentar nada más...

En el mismo punto

Dos días.

Eso era lo que Paula llevaba esperando el siguiente movimiento de Alex, que no se produjo. Estuvo tensa en el trabajo durante esas dos jornadas, temiendo que apareciera de un momento a otro como había hecho en la primera ocasión. Estuvo irascible después en casa con cada miembro de su familia, sumida en aquella incertidumbre de no saber cuándo volvería a verlo. Cada vez que sonaba el teléfono, pegaba un bote. Cada vez que llamaban a la puerta, el corazón se le subía a la garganta.

Sin embargo, Alex no dio señales de vida.

De este modo pasó, así sin más, del miedo a encontrarlo al deseo irracional de volver a tenerlo delante cuanto antes. ¿Qué habría ocurrido? ¿Tan pronto se había cansado de ella? Entonces ¿por qué tanto empeño en obligarla a esa tontería de los siete besos a cambio de salvar a Bruno? No le entraba en la cabeza.

Llamó a su amiga Carolina, la única que siempre había sabido de su obsesión adolescente por Alejandro Luna y la única que conocía su degradante desenlace. Tal y como esperaba, acudió presta a su petición de auxilio y se presentó en Puertomar con una bolsa de chocolatinas y un paquete de seis cervezas con limón. Se encerraron en su cuarto como cuando tenían catorce años (aunque entonces jamás se habían atrincherado con bebidas alcohólicas), y Paula no perdió tiempo, explicándole con detalle todo lo ocurrido desde que se encontró con el chico en las cuevas, días atrás.

—Entonces ¿ahora es él quien te ha pedido los besos?

—Sí —contestó, dándole un enorme bocado a una de las chocolatinas—. Prácticamente me amenazó con denunciar a Bruno si no accedía. Pero la última vez que lo vi fue hace dos días, me llevó a comer y luego me dio ese beso tan... tan...

—¿Alucinante? —la ayudó Carol, con los ojos brillantes.

Paula se tapó la cara con las manos y gimió, desesperada.

—¡No me puedo creer que esté en el mismo punto que hace diez años! ¿Cómo he podido ser tan estúpida?

Su amiga le apartó las manos con cariño y le retiró un mechón de pelo castaño de la frente.

—¿En serio? —preguntó con suavidad—. ¿Alejandro Luna? ¿El mismo que te rompió el corazón, el culpable de que jamás hayas vuelto a confiar en ningún otro chico?

—Lo detesto con toda mi alma por lo que hizo, Carol. Pero, al mismo tiempo, estoy deseando volver a encontrarme con él. Pienso que no estaré tranquila hasta que cierre este capítulo de mi vida. Me aterra pensar en una nueva cita, no soy yo misma cuando estoy a su lado. No quiero seguir pareciéndole una cría patética, que es como me siento cada vez que nuestros ojos se cruzan. ¿Tú crees... crees que si nos damos los besos que tenemos pendientes, me libraré por fin de su embrujo? Tal vez entonces pueda salir con chicos sin echarme a temblar cada vez que uno intente meter su mano por debajo de mi blusa.

Carolina suspiró y le pasó una de las cervezas para que diera un buen trago. Alejandro Luna le había hecho mucho más daño del que nadie se imaginaba y ella pensaba ayudar en todo lo que pudiera para que su amiga se librara, como decía, de su embrujo. Sin embargo, la tarea no iba a resultar nada fácil, porque el mayor problema de Paula nunca había sido que el chico en cuestión la humillara y la dejara marcada de por vida haciéndole pasar por aquella experiencia. No, ese nunca había sido su principal escollo a la hora de encarar una nueva relación amorosa; ella la conocía mejor que nadie.

El verdadero problema era que Paula seguía enamorada de Alex como cuando tenía catorce años.

No había dejado de pensar en él ni un solo día desde entonces. Ella había sido testigo de cómo Paula se encerraba cada tarde en su habitación en sus horas más bajas y recomponía su corazón como si estuviera pegando con celo trozos de una vieja fotografía que alguien hubiera hecho pedazos. Escuchaba baladas de amor y miraba por la ventana, hacia el mar, como si el océano pudiera devolverle lo que había perdido. Escribía poesías cursis a un amor que no tenía nombre, que nunca pronunciaba, pero que Carolina intuía que siempre era el mismo. Paula era una romántica incurable y Alejandro Luna no era consciente del cataclismo que había originado en su vida apareciendo diez años después.

—Y, dime, ¿sigue siendo tan guapo?

—Oh, Carol... Más. Es mucho más.

—Ya veo. —Sí, era indudable que algo tenía que hacer—. Escucha, mañana es sábado. ¿Qué te parece si nos pasamos todo el día en la playa, tomando el sol, relajándonos y olvidándonos del mundo?

—Me encantaría, pero no puedo. He quedado con Bruno y su familia, van a hacer un *picnic*.

Tanto mejor. Carolina empezó a maquinar desde ese mismo momento la mejor manera de acabar con la incertidumbre de Paula. Y, mientras se terminaba otra de aquellas fabulosas chocolatinas, decidió que lo mejor era dejarse de rodeos y coger directamente el toro por los cuernos.

Día de Playa

El sol brillaba con una luz tan blanca y el cielo era tan azul que parecía un sueño. Al menos, eso pensaba Paula mientras miraba hacia el mar y trataba de relajar su mente. Era agotador intentar esquivar el recuerdo de Alex a cada momento. ¿Sería capaz algún día de despertarse por la mañana y no pensar en él? Llevaba años así y estaba muy cansada. Fuera como fuera, aquello tenía que terminar.

Bruno se acercó y le pasó un brazo sobre los hombros.

—Es precioso —dijo, inspirando la brisa marina con cara de concentración.

Paula contuvo una carcajada. Al grandullón no le pegaba nada ese aire de poeta místico.

—¿Desde cuándo eres un admirador de los paisajes naturales?

—¡Eh, no te pases! Siempre me ha encantado el mar. Si tuviera dinero, hace tiempo que me habría comprado una pequeña embarcación para navegar con mi familia.

—No te veo como capitán de barco, Bruno. Lo siento... —se sinceró ella, con una sonrisa.

—¿No? Bueno, ¿y como chef? Anda, ven. Prueba mi tortilla de patata, es espectacular.

Paula se echó a reír y siguió a su compañero por la arena hasta el lugar donde su familia había instalado el improvisado campamento para su *picnic* playero. Los hijos de Bruno corrieron hacia ella proponiéndole mil juegos y se alegró de haber aceptado aquella invitación. Sin duda, estaría tan entretenida el resto del día que podría evitar pensar en el hombre que le había robado la paz durante tanto tiempo. O eso pensaba...

—Por cierto, se me ha olvidado comentarte que tu amiga Carolina me llamó ayer a última hora —le dijo su compañero—. Se autoinvitó al *picnic* y no pude decirle que no. Cuanta más gente, mejor. Además, es muy simpática y a Maika le cae muy bien.

Qué extraño. Paula no entendía por qué, simplemente, Carol no le había dicho que le apetecía acudir al *picnic*. Si la hubiese llevado de acompañante, ni Bruno ni su familia habrían puesto pegas.

Como si la hubiera conjurado, al momento escucharon la voz cantarina de su amiga que se acercaba por el sendero de tablones que llegaba casi hasta la orilla del mar.

—¡Yujuuuuu! ¡Hola a todos! Mirad a quién me he encontrado por el camino.

Paula se giró con un pálpito que le dio pavor. No podía ser, no podía ser...

Pero era.

Carolina se acercaba arrastrando tras de sí, cogido de la mano, a un Alex que parecía avergonzado por irrumpir de aquella manera en una reunión familiar. Miró a Bruno de soslayo, temiendo su reacción al ver al culpable de que hubiera perdido los estribos días atrás en el trabajo. Y, cuando comprobó la cara de satisfacción de su compañero, se dio cuenta de que aquello era una encerrona en toda regla perpetrada por la malvada mente de Carol en estrecha colaboración con Bruno... e incluso con su mujer Maika. Esta sonreía sin disimulo y miraba a Alex, y luego a ella, con evidente curiosidad.

—Bienvenidos. —Su compañero besó a Carol en la mejilla y estrechó la mano de Alex—. Sin rencores, ¿de acuerdo? Venga, coged una cerveza, las tengo en ese bidón con hielo.

—Muchas gracias. Pensaba pasar la mañana haciendo surf, pero me encontré con Carol y no me he podido resistir a su invitación. Ha pasado mucho tiempo desde que nos vimos por última vez y tenemos que ponernos al día. Espero no importunar.

—¡En absoluto! Todos los amigos de Paula son bienvenidos. Adelante, coged una silla y poneos cómodos —los animó Maika como buena anfitriona.

Paula observó las miradas cómplices entre todos. Aquello era una auténtica puesta en escena orquestada por su amiga y, si no se hubiera tratado de Alex, habría podido hasta reírse. Pero era Alex, por el amor de Dios. Su infierno particular, su lucha diaria, su quebradero de cabeza personal e intransferible.

Lo saludó con la mano, con una sonrisa forzada, y se acercó a Carol hecha una furia. La cogió del brazo y la arrastró fuera del grupo para hablar con ella en privado.

—¿Te has vuelto loca?

—¿No querías volver a verlo? —contraatacó la rubia—. Pues ahí lo tienes. Alguien tenía que hacer algo, ya que ni él ni tú estabais dispuestos a dar el siguiente paso.

Paula se quedó cortada ante esas palabras.

—¿Él no tenía pensado continuar con su estúpido jueguecito?

—Pues no. Estuve hablando con él y ha cambiado, Paula. Ya no es el tipo engreído que yo pensaba que era. Claro que, en aquel entonces él tenía solo diecisiete años… En fin, que me confesó que, tras vuestro último encuentro, se dio cuenta de que lo de los siete besos era una tontería.

—Pues, para ser una tontería, insistió mucho —replicó Paula, más dolida de lo que jamás admitiría—. ¿Y de pronto ya no le interesa? No entiendo nada.

—Pues habla con él. Eso es lo que quieres, ¿no? Resolver de una vez por todas lo vuestro.

Paula se quedó callada, con los ojos perdidos en el infinito. Carolina resopló ante su cabezonería y la sujetó por los hombros para picarla un poco más y que reaccionara.

—Mira, si no quieres nada con él, me lo quedo yo. ¿Pero tú has visto lo bueno que está?

Funcionó. Paula levantó la cabeza y la fulminó con la mirada. Luego desvió los ojos hacia Alex, que charlaba animadamente con Bruno y su mujer. Para aquella fiesta playera se había puesto unas bermudas azules que le llegaban a la rodilla y una camiseta blanca de manga corta. Las gafas de sol tipo aviador y el pelo moreno con un peinado desenfadado le daban un toque a lo *Top Gun* que cualquier chica con ojos en la cara encontraría irresistible.

—Tú no te vas a acercar a él en todo el día, ¿entendido? —la advirtió en un siseo.

Puede que ella tuviera dudas, pero no estaba dispuesta a que Carolina, con su metro setenta, sus largas piernas, su increíble delantera y su pelo rubio, largo y ondulado, eclipsara las pocas posibilidades que tenía de aclarar algo con Alex.

—Entendido. Entonces... ¿serás tú la que hable con él?

—Sí, bueno, claro que lo haré. Déjame que me tome antes un par de cerve...

—¡Alex! ¿Puedes venir un momento?

Paula abrió los ojos y se dio la vuelta, abochornada.

—Pero ¿qué haces? Ahora no, no estoy preparada.

120

—Nunca lo estarás, así que es mejor que no lo pospongas más.

—Esta me la pagarás, Carol.

—Sí, sí, ya lo veremos. Pero, de momento… —Obligó a Paula a que se girara y quedara de cara al chico que se acercaba—. Alex, creo que todavía no has saludado a Paula. Os dejo solos para que os pongáis al día, yo voy a probar la fabulosa tortilla de Bruno.

Se alejó caminando casi a saltitos y Paula decidió que cuando la pillara a solas le daría su merecido. Pero, mientras tanto, tenía que enfrentarse a la endiablada sonrisa de Alejandro Luna, que la miraba como si él conociera un secreto que ella ignoraba.

—¿Por qué has venido?

—Yo también me alegro de verte, Paula. Estás muy guapa.

—No cambies de tema. ¿Qué se supone que haces aquí? ¿A qué venía ese paripé que habéis montado?

Alex suspiró, resignado a soportar su mal humor.

—Carol contactó conmigo y me dijo que tenías muchas ganas de verme… Así que aquí estoy.

Iba a matarla. Despacito y recreándose, haría sufrir de lo lindo a su queridísima y entrometida amiga.

—¿Debo deducir de tu arrogante contestación, que tú también querías verme?

—Verte siempre es un placer —susurró él, repasándola con la mirada sin ningún disimulo.

—Pues no lo entiendo. —Paula se cruzó de brazos, cada vez más alterada—. Si es eso lo que piensas, ¿dónde estabas? Es decir, ¿me persigues como un psicópata y luego desapareces y no das señales de vida en dos días?

—Um, ¿un psicópata?

—Sí. Desde luego, no fue idea mía eso de los siete besos. Y, admítelo, insististe bastante.

Alex esbozó entonces una sonrisa de lobo que le puso la piel de gallina.

—¡Vaya! Para ser una persona que dice detestarme, parece que me has echado de menos. Solo han sido dos días, Paula... No es tanto.

Cierto. Paula notó cómo sus mejillas ardían por el bochorno. Apretó los labios y pensó con rapidez alguna réplica que justificara su absurda salida de tono, pero no encontró nada que decir. Realmente, estaba sacando las cosas de quicio. Pero la culpa era de Alex, que la volvía loca, la descolocaba y conseguía que nada tuviera sentido.

—Bueno —susurró, cuando el silencio empezaba a resultar ya sospechoso—, ¿y qué has pensado para hoy? Carol ya me ha dicho que has recapacitado, y que vas a pasar del tema de los besos.

—Sí, en fin... Me he dado cuenta de que no me estaba portando bien contigo. Ya no somos críos, nunca debería haberte obligado a hacer algo en contra de tu voluntad.

Alex había bajado el tono, parecía de verdad avergonzado. Ya no había rastro de aquella sonrisa de suficiencia que siempre la alteraba. Claro que, esa actitud contrita casi era peor. De alguna manera, convertía a Alex en alguien mucho más accesible.

Mierda.

—Tú no me forzaste a devolverte el beso el otro día —reconoció Paula, cruzándose de brazos para esquivar la tentación de coger su mano o alguna otra cursilada similar—. Lo hice porque quise.

—Ya. Sin embargo, yo me sentí rastrero. Sobre todo, porque tu frialdad de después me dejó muy claro que no tengo nada que hacer contigo.

—¿Por eso has desaparecido durante dos días? —aventuró ella, mordiéndose el labio inferior.

Alex asintió, sin apartar los ojos de los suyos.

—No te habría molestado más, te lo prometo. Pero cuando recibí la llamada de Carolina pensé que no estaba todo perdido.

Paula deseó que no hubiera dicho eso. El corazón empezó a latirle a un ritmo frenético cuando sintió que los ojos de Alejandro ahondaban en los suyos.

—¿Todo perdido?

—Sí. Verás… —Fue entonces cuando él buscó sus manos y se las cogió en un gesto demasiado íntimo—. No voy a insistir más. No quiero parecer un… ¿cómo me has llamado antes? Ah, sí, un psicópata. No voy a obligarte, Paula, aunque sí me gustaría terminar lo que hemos empezado. Puedes estar tranquila, tu compañero Bruno no tiene de qué preocuparse, aunque me digas que no, no lo denunciaré.

Ella notó que las manos de Alex eran suaves y cálidas. El modo en que sus pulgares acariciaban su piel mientras la sujetaba la estaba desconcentrando.

—¿Qué quieres decir con «terminar lo que hemos empezado»? —quiso saber, preguntando en un susurro. Le daba miedo estar equivocándose, creándose falsas esperanzas.

—A nuestros siete besos, por supuesto. Lo que te dije la primera noche era cierto, Paula. Quiero borrar el mal recuerdo del pasado. Permíteme enmendar mi error, déjame darte los siete besos que te merecías… que te mereces. Pero déjame porque tú también quieres, no porque yo te obligue o te chantajee.

Mientras hablaba, una de sus manos había ido a parar a su cuello y ahora la acariciaba de un modo más atrevido. Paula estaba hipnotizada, tanto por sus palabras como por su tacto, tan real, tan agradable. Era desconcertante que aquel acercamiento le resultara tan fácil y familiar. Era como si Alex jamás hubiera salido de su vida, como si llevaran años tratándose a diario.

Y, de algún modo extraño, así era. Al menos para Paula. Alejandro Luna jamás se había marchado de su vida, siempre había estado ahí. Tras cada idea, tras cada acto cotidiano. Lo había pensado tanto que ya era una parte más de ella. No encontraba sus caricias desconocidas porque las había soñado tantas veces que se las sabía de memoria, a pesar de no haberlas sentido nunca contra su piel.

—Sí quiero —se le escapó, completamente obnubilada por sus ojos oscuros y sus labios entreabiertos.

Él se fue acercando hasta que sus bocas se encontraron y Paula notó la descarga eléctrica que le produjo aquel contacto. De nuevo sus labios se amoldaron a las exigencias de Alex por instinto, sin tener que preguntar, sin dudas acerca de cómo moverse para compartir las increíbles sensaciones que despertaban en su interior. La lengua masculina se le antojó dulce y cariñosa... ¿Podían utilizarse esos apelativos para una lengua? Quiso absorber cada instante y atesorarlo para el futuro. Y, de repente todo, se volvió agridulce... Porque la euforia que la invadía cada vez que tocaba a Alex se mezcló con la tristeza de no saber si aquello era solo un juego.

Por eso, tal vez, le echó los brazos al cuello y lo apretó contra sí, dejándose el alma en aquel beso.

—¡Tortolitos! ¡Si no venís pronto, no vais a catar la torti-lla de patatas!

El vozarrón de Bruno sacó a Paula de su nube de deseo y se separó de Alex con algo de brusquedad. Sobre ella cayó el bochorno de lo que acababa de hacer: exponerse como una boba, entregarse sin complejos... y sin cuidado.

—Perdona —le dijo, en un susurro, llevándose la mano a la boca. Sus labios palpitaban.

Alex respiraba con dificultad y la miraba con demasiada intensidad.

—Si tú no me hubieras abrazado, lo habría hecho yo.

Y su tono sonó tan sincero, que Paula suspiró con alivio y sonrió. Él volvió a acercarse y la besó de nuevo, sujetándola por la nuca. Fue breve y enérgico y, al separarse, le guiñó un ojo.

—Este no cuenta, ¿vale?

La sonrisa de ella se ensanchó.

—Vale.

—Vamos a por esa tortilla... —la invitó después, ofrecién-dole su mano.

Paula la cogió con un sentimiento desmedido bullendo en su pecho. Sabía que no debía dejarse llevar de aquel modo, que para Alex su reencuentro no significaba lo mismo que para ella. Él solo quería enmendar su error del pasado, que-ría que Paula lo perdonara por la jugarreta del Club Náutico. Ignoraba si tenía un interés más allá de la disculpa que bus-caba y ella, seguramente, se estaba haciendo ilusiones por nada... Pero no podía evitarlo. Era Alejandro Luna.

Alejandro Luna.

Saboreó aquel nombre en su mente mientras cami-naban de la mano, soñando con un futuro imposible. Era consciente de su actitud infantil y caprichosa, había regresado a los catorce años de un modo inconsciente. Pero... ¡qué diablos! Era verano, el sol brillaba, la playa estaba estupenda y ella disfrutaba de la mejor compañía, ¿qué había de malo en fingir durante unas horas que todo era perfecto?

La invitada inesperada

Hacía mucho tiempo que Paula no lo pasaba tan bien. Comieron, bebieron, charlaron, rieron, se bañaron en el mar, tomaron el sol y jugaron con los niños de Bruno. Alex se integró como si hubiera acudido a sus *picnics* durante años. Y ella no podía quitarle los ojos de encima, sin poder creerse que los años no le hubieran restado atractivo... todo lo contrario. Estaba tan bien hecho que quitaba el aliento.

—Si no lo recordara tan cabrón —le dijo Carol en un momento dado—, haría de celestina para que terminarais juntos.

—¿Perdona? Eso es lo que has hecho, querida amiga.

—No, no, te equivocas —la corrigió, moviendo un dedo delante de su cara—. Yo solo quería que completaras el ciclo de los siete besos para que rompieras la maldición. Quería que te deshicieras del embrujo de Alejandro Luna para que pudieras pasar página y continuar con tu vida. Pero, oye, viéndote hoy junto a él... No sé. Creo que hacéis buena pareja.

Lo que le faltaba. Que Carol alentara su ya de por sí desorbitada imaginación.

—No nos entusiasmemos antes de tiempo, ¿de acuerdo? Alex y yo solo estamos...

—¿Quién es esa? —la cortó Carol.

Paula se giró hacia donde señalaba su amiga y vio que por el camino de tablones que conducía a la arena, se acercaba la rubia tetona que hacía fotos con *flash* cuando no debía. Vestía un conjunto playero de camiseta de tirantes y pantaloncito corto que le daba apariencia de Barbi Malibú.

—¡Leticia, has venido!

Alex salió a su encuentro y Paula tuvo que sujetar su mandíbula, que amenazaba con desencajarse. ¿La había invitado *él*? Aquello era increíble.

—¡Pero bueno! ¿Quién es esa rubia neumática? —susurró Carol, a su lado.

Paula tragó saliva para reponerse de la decepción. Se sentía como si todo el día hubiera viajado tumbada encima de un enorme globo y alguien lo hubiera pinchado de repente. Notaba vértigo, notaba que caía al vacío sin paracaídas.

—Es... es una compañera de trabajo de Alex.

—Pues, por el modo en que lo abraza, creo que tu pequeño *affair* con el tío bueno se ha terminado por hoy.

La parejita se acercó hasta donde ellas estaban y Paula tuvo que hacer un esfuerzo por recomponer su sonrisa. Le pasó un brazo a Carol por la cintura, buscando apoyo para no derrumbarse.

—Chicas, quiero presentaros a Leticia, una compañera de trabajo y una buena amiga.

—Sí, ya nos conocemos —espetó Paula, tendiéndole la mano—. ¿Hoy no has traído tu cámara de fotos?

La rubia esbozó una sonrisa nerviosa y la miró como si tratara de ubicarla. Estaba claro que, a priori, no había reconocido a la vigilante de las cuevas que la había amonestado por usar el *flash*.

—¡Hola! Yo soy Carolina, encantada de conocerte —intervino su amiga, tratando de limar asperezas—. No hagas caso a Paula, es muy quisquillosa con su trabajo.

—Venga, lo estamos pasando muy bien, no lo estropeemos por una tontería de nada.

Paula aceptó la sugerencia de Alex asintiendo con la cabeza.

—Sí. Perdona, Leticia, no tenía que haberte hablado así. Bienvenida a nuestro *picnic*. ¿Quieres una cerveza?

—Oh, no. No bebo alcohol. ¿Tenéis limonada o agua con gas?

—Tenemos té helado —ofreció Carol.

—Mmm, no, lo siento. La teína no me sienta bien.

Paula dio una palmada en el aire, harta de aquel tono lastimero.

—Pues agua entonces. Eso sí, sin gas.

Alex la contempló con una sonrisa resignada antes de acompañar a la recién llegada a por el agua. Mientras se alejaba, el chico posó una de sus manos en la espalda de la rubia y Paula notó que la química que habían compartido durante todo el día se evaporaba burbujeando como si le hubieran echado una probeta de ácido por encima.

El resto de la tarde fue algo confusa. En una hora, Leticia *tetas grandes* se había convertido en el centro de atención. Alex tenía razón cuando le dijo a Paula que era inteligente, además de guapa. Se cameló a todo el grupo con anécdotas graciosas del trabajo y acaparó la conversación mostrándose divertida y más extrovertida incluso que Carolina. A Paula le resultó cargante, por no mencionar que rabiaba de celos al ver la complicidad que tenía con Alex...

Cuando no pudo soportarlo más, se marchó hacia la orilla para tratar de respirar y aliviar la presión que notaba en el pecho. ¿Qué leches había ocurrido? ¿Cómo había pasado de estar en una nube, a estar en el hoyo más profundo?

—Porque Alex te ha besado como nunca nadie lo había hecho y te has creído que el sentimiento os iba a durar a los dos… para siempre —se dijo a sí misma, tapándose los ojos con una mano—. Mira que eres idiota.

—¿Hablas sola?

La voz de Alex la sobresaltó. Se giró un momento para verlo llegar, pero enseguida volvió sus ojos al mar. Cuando por fin estuvo a su lado, el chico la miró interrogante.

—Sí. Es una costumbre que tengo. Me digo cosas a mí misma de vez en cuando.

—¿Si? ¿Y qué te estabas contando ahora?

—Me estaba recriminando por ser una completa imbécil.

Alex pareció sorprendido. Arqueó las cejas y se aproximó más, buscando sus ojos.

—¿Por qué?

Ella chasqueó la lengua.

—Por nada, olvídalo.

Paula pensó que él insistiría un poco más… o tal vez solo lo deseó. Sin embargo, no lo hizo. Frunció los labios como si estuviera pensando qué decir después de aquello, pero no dijo nada. Bueno, sí, que se marchaba.

—He venido a despedirme. Leticia y yo tenemos que irnos ya.

Ella se cruzó de brazos y se mordió el labio superior. Se vio trasportada al pasado, como cuando se encontraba con él por accidente, se hacía ilusiones y terminaba viendo cómo se marchaba con su prima Marta. Fue la misma sensación, la de no pintar absolutamente nada en su vida.

—Ah, pues muy bien… gracias por venir.

Y lo dijo con tan mala leche, que Alex se colocó frente a ella y la sujetó por los hombros.

—¿Qué ocurre, Paula? ¿Estás enfadada por algo?

Se zafó de aquellas manos grandes, cálidas y suaves sobre sus hombros dando un paso atrás. Sabía que tenía que comportarse, que debía fingir algo de orgullo. Pero Alejandro Luna había puesto del revés todo su mundo y se sentía como una coctelera agitada con saña. Lo tenía todo mezclado en su interior... todo, y no era capaz de distinguir los límites de lo que era razonable y lo que estaba completamente fuera de lugar.

—¿A qué has venido hoy aquí, Alex, me lo explicas? Porque no lo entiendo, de verdad que no...

Él la miró, confuso.

—Te lo expliqué esta mañana, Paula.

—Sí, ya, Carol te dijo que te echaba de menos. ¡Ah, sí! Y querías cerrar un capítulo incómodo de tu vida, completando la tarea que dejaste a medias hace diez años.

—¿Qué...?

Ella levantó una mano para que cerrara la boca.

—Mira, es una mala idea. Ha sido una mala idea desde el principio. —Lo miró, dolida, más rota por dentro de lo que pensaba—. Has dicho que no ibas a obligarme, así que prefiero dejarlo aquí. No más besos, Alex, es demasiado duro tenerte tan cerca... para que luego te vayas de nuevo, tan lejos...

Dicho lo cual dio media vuelta y echó a andar por la playa con paso rápido. No se había alejado ni tres pasos, cuando las lágrimas aparecieron traidoras y calientes, empapando sus mejillas.

Igual que otra noche lejana

Era una de las pocas noches en las que Puertomar estaba desierto. Bueno, a excepción de su prima Marta, que estaba tan gorda y tan incómoda que no tenía ganas de salir. Su marido Javi trabajaba esa noche y el resto de la familia se había marchado a cenar fuera. Paula se quedó con ella viendo una película, pero era tan moñas que se le revolvió la tripa en el minuto diez de la cinta. Después de aquel día de playa no tenía el cuerpo para más romance.

—Me voy a la cama, no quiero morir de indigestión de azúcar —le dijo, apretándole la mano con cariño antes de dejarla sola en el sofá—. Llámame si te encuentras mal, ¿de acuerdo?

—Otra igual que Javi… Aún faltan dos semanas, tranquila.

—Vale, pero si notas que te mojas y no te has hecho pipí encima, me pegas un grito, ¿estamos?

—Vete ya, pesada. Si rompo aguas serás la primera en enterarte.

Le hizo un gesto con la mano para que se marchara y se apoderó del bol de palomitas tan contenta. Ahora se las podría comer todas ella solita.

Paula subió hasta su habitación arrastrando los pies, agotada. Estaba claro que tenía que hacer algo con aquella obsesión que la consumía en vida. Casi agradecía que Alejandro Luna hubiera aparecido tan de repente, porque así se había dado cuenta de lo encasquillada que estaba con sus propios sentimientos.

Diez años… Por el amor de Dios.

Y por un recuerdo, un mísero y desafortunado recuerdo, había echado a perder todas las oportunidades que se le habían presentado de mantener una relación normal y sana con cualquiera de los otros chicos que había conocido a lo largo de su vida.

Se desnudó con mala leche, enfadada consigo misma por haber estado tan ciega. No era culpa de Alejandro. Era solo suya, por ser tan imbécil, tan enamoradiza, tan ingenua.

Se metió entre las sábanas y agradeció que estuvieran fresquitas. Entre el calor que hacía, y el calentón al que la habían llevado sus propios pensamientos, lo necesitaba. Apagó la luz con la esperanza de poder conciliar pronto el sueño y así evadirse del mal rollo que ella misma se había generado.

—Mañana será otro día —se dijo—. Mañana seré otra Paula.

Y cerró los ojos sabiendo que mentía.

Al rato, entre brumas, escuchó un ruido que la despertó de su inquieto trance. Se sentó de un salto en la cama y aguzó el oído, mirando hacia la puerta. Lo primero que le vino a la mente fue Marta, sentada en el sofá del salón, retorciéndose de dolor con alguna contracción e intentando llamarla para que acudiese a socorrerla. Arrastró el culo hasta el borde del colchón para ir a comprobar que todo estaba bien, cuando un sonido como de arañazos volvió a colarse de nuevo en su cuarto a través de la ventana.

El corazón comenzó a palpitarle con mucha fuerza. Aquello le recordaba demasiado a una noche lejana en el tiempo y se tapó la cara con las manos.

—Lo mío no tiene arreglo —se dijo—. Lo mío es una paranoia de libro.

Pero, cuando una cabeza morena apareció, seguida por un cuerpo que se arrastraba detrás, supo dos cosas: a) que otro susto de ese estilo y moriría de un infarto, y b) que no estaba tan loca como había sospechado.

—¡Madre mía! ¿Alex? —preguntó, encendiendo la lámpara de la mesilla antes de correr para ayudarlo a ponerse en pie.

—Sí, soy yo. Pero un yo mucho más viejo, por lo visto. Hace diez años esto me costó mucho menos y no me dio el tirón que acaba de darme en la pierna. Joder... —se quejó, frotándose en la parte posterior del muslo derecho.

Paula se mordió el labio inferior para no echarse a reír.

—Bueno, hace diez años solo pasaste de una ventana a otra. —Se asomó para estudiar la altura—. Hoy has escalado como un campeón por las enredaderas de la fachada, no voy a quitarte mérito por un tirón, tranquilo.

Luego se giró hacia él y observó cómo intentaba recuperar el fuelle, apoyando las manos en las rodillas. De pronto, recordó que estaba enfadada y que Alex no debería estar allí.

—Voy a decirte algo que quizá te sorprenda un poco —le espetó, con la voz tirante—. Hay una puerta abajo, con un timbre, y, si llamas, aparece alguien al otro lado para abrirte.

Los ojos de Alex, en la penumbra del cuarto, le parecieron mucho más redondos y mucho más oscuros que de costumbre cuando la miró.

—Pensé que sería más romántico de este modo... aunque me olvidé de que ya no tengo diecisiete años.

La voz ronca de él estuvo a punto de disipar el enfado que roía sus entrañas desde hacía ya varias horas.

—¿Quieres saber lo que no es romántico? —preguntó con veneno—. Que me des el mejor beso de mi vida en la playa para marcharte luego abrazado a esa amiguita tuya teñida de bote.

El suspiro de Alex aceptando la culpa resonó por toda la habitación.

—Lo sé, perdona. Tenía que habértelo dicho esta tarde, pero tampoco me diste tiempo a explicarme.

—¿Qué había que explicar? Se suponía que habías venido a estar conmigo, a «enmendar» tus errores del pasado. Pero descubro que has quedado con esa rubia tetona y te la traes a la fiesta de mi amigo, para luego irte con ella…

Alex se acercó e intentó coger sus manos, pero ella se echó atrás y rehuyó el contacto.

—No es así como pasó, Paula, te lo prometo. Por eso estoy aquí, no quería que te quedaras con esa impresión. Yo ya había quedado con Leticia, antes de que Carolina me invitara a vuestra fiesta. Teníamos que reunirnos con un socio de la empresa para cenar, ya sabes, cosas del trabajo. Casualmente, también está en la isla pasando unos días y pensamos que sería buena idea vernos fuera de nuestro ambiente para afianzar la relación laboral… Pero me estoy yendo por las ramas. El caso es que yo ya había quedado con ella para pasar la tarde y sí, tal vez tenía que haber anulado mi cita, pero me pareció feo. Por eso le dije que se reuniera conmigo en la playa.

—Pero no te pareció feo restregármela a mí por las narices.

Él avanzó un paso más hacia ella. Paula notó su olor muy cerca, y el calor que emanaba de su cuerpo. Tenía que ser fuerte y no claudicar, estaba en juego mucho más que un orgullo herido.

—No me lo pareció al principio, porque estaba convencido de que me detestabas. ¿Por qué habría de importarte verme con otra? Desde que regresé, me has estado echando en cara lo cabrón que fui (que lo fui y lo admito), y que no querías saber nada más de mí. Te tuve que obligar para conseguir pasar un rato a solas contigo y aquel beso salvaje, delante de tu coche, y aquella mirada tuya después, tan fría, tan falta de sentimientos... ¿Cómo iba a imaginarme que te dolería verme con otra? Créeme, Paula, no lo hice adrede ni con intención de restregártela. Pensaba de verdad que no tenía ninguna posibilidad contigo.

—¿A pesar de que Carolina te explicara que te echaba de menos? —lo interrumpió ella.

—A pesar de eso. No le di mucho crédito, si te soy sincero. Pensé que solo estaba ejerciendo de Celestina.

—Lo estaba —admitió Paula, con una sonrisa fugaz al pensar en su amiga.

—Por eso, hasta que no te besé en la playa, no me di cuenta de lo que pasaba. —Mientras hablaba se había ido acercando tanto que Paula pudo sentir cómo sus ojos devoraban cada centímetro de su cara, a pesar de la penumbra—. Me abrazaste, Paula.

Eso era quedarse muy corto. Ella se había abierto completamente, se había expuesto, le había explicado en un solo beso todo lo que él había significado en su vida. Le alivió descubrir que, por la intensidad de su mirada, Alex ya lo sabía, aunque sus palabras hubieran sido tan escuetas.

—Y luego, todo el día fue tan agradable, tan fantástico, que de verdad creí que uno de mis sueños podía hacerse realidad. Era como si tú y yo lleváramos años siendo amigos, sin fingimientos, sin incomodidades, ¿no te pasó a ti lo mismo? Hasta se me olvidó que había quedado con Leticia. No sabes cuánto lamenté que apareciera, pero no podía despacharla sin más, Paula... Perdóname.

La voz grave de Alex se le colaba dentro, por cada rendija, por cada poro, sin que pudiera hacer nada para evitarlo. La tentación de echarse en sus brazos era tan grande que le dolía la piel. Le faltaba el aire y cogió una bocanada que apenas le llegó a los pulmones. Él lo invadía todo, como siempre desde que lo conoció. Ese pensamiento la asustó, porque se dio cuenta de que le había dado el poder de destruirla con un solo chasquido de dedos.

—Di algo, por favor.

Paula no sabía qué decir. Ya lo había perdonado, ¿cómo no hacerlo? Él había sentido lo mismo que ella en la playa, acababa de confesarlo. Esa intimidad que se había generado, tan natural, tan espontánea, como si se hubieran estado tratando durante años... cuando no era así. A pesar de todo, seguía sin estar segura de que aquel reencuentro significara lo mismo para Alex que para ella. Y eso la aterraba más que ninguna otra cosa, porque no podría soportar una nueva desilusión.

—Escucha, Alex, yo... Yo no sé cómo manejar esto, de verdad. Necesito pensar y poner mis ideas en orden. Ya sé que esta mañana te dije que sí quería jugar a esto, pero no sé si podré...

Para enfatizar la importancia de sus palabras, le colocó una mano en el pecho.

Error.

El contacto los fulminó a ambos como una corriente eléctrica, cargada de deseo. El pecho de Alex se movía al ritmo de su respiración acelerada, y estaba caliente incluso a través de la tela. Paula se quedó hipnotizada por el contraste de la piel blanca de su mano contra la camiseta oscura. Notaba los latidos desaforados de su corazón y respiró su aliento, muy cerca de su boca. La tibieza que emanaba del cuerpo masculino la envolvió y consiguió que despertara un anhelo antiguo, primitivo y salvaje en la boca del estómago. Y más abajo... con un palpitar sordo y casi doloroso. Paula supo que lo que sentía era puro deseo. Nada más que eso. Deseo por él, de él, con él...

De su garganta se escapó un gemido. Estaba petrificada, muerta de miedo por la intensidad de sus emociones. No sabía qué hacer, aquello superaba todos los sueños que había tenido al respecto y se sintió tan patética que solo pudo gemir, sin encontrar un modo mejor de expresar lo que necesitaba.

Por suerte, Alex la entendió mejor de lo que se entendía ella misma...

El siete

Sentir la pequeña mano de Paula sobre su pecho fue más de lo que podía soportar. Y cuando de entre sus labios se escapó aquel sonido tan sensual, tan erótico, supo que no había marcha atrás.

Desde el beso en la playa no había podido pensar en otra cosa. Ella se quedó bastante aturdida tras aquel abrazo espontáneo que le había regalado y no se había dado cuenta de cómo le había afectado a él. Si hubieran estado solos, le habría hecho el amor allí mismo, sobre la arena mojada de la orilla.

Paula era increíble; y para él lo era, precisamente, porque no se creía que aquella chica tan dulce, tan preciosa, tan especial, se le hubiera entregado de ese modo. No después de su pasado en común. No después de aquel odioso calcetín que tuvo que sacarle del sujetador...

Apartó el pensamiento inoportuno de su mente y se concentró en el calor de la mano femenina sobre su pecho, en el modo en que los tentadores labios de Paula se entreabrían, invitándolo. ¿Sabría ella que estaba arrebatadora? ¿Sabría cuántas veces había soñado él con esos labios prohibidos?

—Alex... —volvió a gemir ella, perdida.

—Ven aquí.

Le colocó una mano en la nuca y la atrajo hacia él, apoderándose de su boca sin permiso, sin contemplaciones, sin piedad. Paula no protestó. Todo lo contrario, se pegó más a su cuerpo buscando su calor. El cuarto de sus besos fue salvaje, desmedido y casi desesperado. Alex notó que perdía la cabeza por momentos, embrujado por la lengua de Paula, que le devolvía las caricias con la misma pasión.

Cuando se separaron para respirar, él apoyó la frente contra la de ella, sin dejar de masajearle los hombros y el cuello.

—Cuatro —susurró, casi en un jadeo.

Ella le cogió la cara entre sus manos.

—No pares ahora —le pidió—. Quiero el resto... Dámelos todos.

Alex se apartó un poco para observar sus ojos. Llevó sus dedos hasta la cintura femenina y le levantó un poco la camiseta del pijama para rozarle la piel. Arqueó las cejas al comprobar que ella no se retraía y aguantaba el contacto. A pesar de todo, quiso cerciorarse.

—¿Seguro? Si sigo besándote... No sé... no sé si podré contenerme.

—No lo hagas.

Su tono era firme y decidido. Algo como una burbuja de euforia explotó en el pecho de Alex y bajó luego como un rayo hasta su bajo vientre. No recordaba nunca haber visto nada más incitante que Paula con su diminuto pijama de verano, con su camiseta de tirantes y sus pantaloncitos cortos, mirándolo como si fuera el único hombre sobre la faz de la tierra. Sin embargo, lo último que quería era volver a hacerla sufrir de alguna manera.

—Si quieres que paremos, en cualquier momento, lo entenderé. Tú solo dímelo y me apartaré tan rápido como pueda.

—No quiero que te apartes... —volvió a susurrar ella.

Le echó los brazos al cuello y exigió el quinto beso, que fue más húmedo y más tórrido que el cuarto. Alex ancló sus manos a la cintura femenina, dispuesto a aguantar todo lo posible hasta que el deseo los consumiera de tal manera que ella no tuviera miedo. Quería tocarla por todas partes, quería que los besos número seis y siete no fueran en los labios. Y para eso tenía que ser muy cuidadoso. No se olvidaba de lo que le había contado Carolina: la mala experiencia de Paula había limitado sus posteriores relaciones. No quería que eso le sucediera con él, no quería que ella se avergonzara de nada, ni que a su mente regresaran, inoportunas, las imágenes de algo que jamás debió pasar.

Mientras se devoraban los labios, Paula fue empujándolo hasta que se dejaron caer sobre la cama. Alex se acomodó sobre ella, entre sus piernas, dejándole caer una lluvia de besos sobre el cuello y el mentón.

—No me bastan siete, Paula… Necesito muchos más para hacerte comprender cuánto siento haber sido un gilipollas en el pasado.

Ella le cogió la cara y lo obligó a que la mirara. Estaba acelerada, con los ojos nublados, absolutamente irresistible.

—Se queda en seis, ¿de acuerdo? —le propuso—. Todos los que nos demos en esta cama son el número seis. Todos.

Intentó besarlo de nuevo, pero él buscó sus ojos antes de recalcar:

—Lo digo en serio. No van a ser suficientes para que sepas cuánto he pensado en ti todo este tiempo…

—No hace falta que me dores la píldora, Alex. Me da igual lo que pasara hace años, me da igual que no volvieras a acordarte de mí hasta que me viste en las cuevas el otro día. Ahora estás aquí, es lo único que me importa.

Él se incorporó y se apoyó sobre sus codos para ver mejor su expresión.

—No me crees.

—¿Qué es lo que no te creo?

—Que yo también haya pensado en ti todo este tiempo.

Paula hizo un gesto muy similar a un resoplido y se movió para intentar poner algo de distancia entre los dos. Él no se lo permitió. Quería tenerla justo así, debajo de su cuerpo, notando cómo su piel aumentaba poco a poco de temperatura.

—De verdad, Alex, no tienes por qué regalarme los oídos. Sé que Carol se ha ido de la lengua y te ha contado que para mí siempre has sido una especie de obsesión. No me importa, en serio, ya lo he admitido y es mi problema, no el tuyo. No tienes que hacer que esto parezca el reencuentro que los dos siempre hemos soñado.

—En efecto, no tengo que hacer que parezca un reencuentro... porque lo es. ¿Quieres una prueba de que te he pensado todo este tiempo, de que he soñado con estos labios tan sugerentes —susurró, pasándole la lengua entre ellos—, de que nunca te has ido de mi cabeza?

Notó cómo ella se estremecía bajo su cuerpo y cómo asentía a su pregunta.

—Muy bien. —Se incorporó y se levantó de la cama, quedándose de pie frente a ella—. Bájame los pantalones y te lo mostraré.

Paula no daba crédito. ¿Acababa de pedirle que le bajara los pantalones? Antes de que pudiera ahondar en el bochorno que le causaban esas palabras, se giró, agarró uno de los cojines de la cama y se lo tiró a la cabeza.

—¿Qué es lo que me vas a mostrar, pervertido? —casi le gritó. Era increíble, ella abriéndole su corazón y él le salía con aquella petición obscena tan fuera de lugar.

—¡Eh, no, no, no es lo que tú piensas! —exclamó Alex, levantando las manos para que se calmara—. Vaya, hoy no doy una contigo. Solo quería que descubrieras por ti misma una cosa, pero tranquila, yo te lo enseño.

Ella levantó otro de los cojines a modo de amenaza cuando vio que él se llevaba las manos al botón del pantalón vaquero.

—Te lo repito, ¿qué quieres enseñarme?

—Baja ese cojín y acércate, Paula. No verás nada que tú no quieras ver... Salvo esto.

Alex deslizó el pantalón unos centímetros por debajo de la cadera, sin llegar a desnudarse, y le mostró el único tatuaje que llevaba en el cuerpo.

Un siete.

Era el número siete, grabado con tinta negra sobre la piel, en la zona derecha de la pelvis.

Paula pasó la yema de los dedos por el dibujo y notó cómo la piel morena se tensaba con el contacto. Era bonito. Justo en esa zona y en un cuerpo tan bien trabajado como el de Alex, era además muy sexi. Demasiado para la cordura de cualquier mujer.

—Me lo hice nada más marcharme de aquí —le explicó en un susurro—. En cuanto llegué a Barcelona. No quería olvidar lo que había hecho, para no volver a repetirlo. Pero, sobre todo, quería algo que me recordara a ti... Algo que solo entendiéramos tú y yo.

—Siete besos. —Paula sintió la garganta estrangulada de emoción. Alex había resumido su historia con aquel simple número y se la había tatuado sobre su piel. Lo miró desde abajo y vio al chico que le había robado el corazón con solo catorce años. Desde que lo conoció, para ella no hubo ya ningún otro. Y que él llevara ese siete, que él la hubiera metido a ella bajo su piel de aquella simbólica manera, le pareció tan tierno que tuvo que parpadear para contener las lágrimas.

Lo agarró por la camiseta y tiró de él para que volviera a tumbarse sobre su cuerpo. No quería hablar más, solo besarlo. Y sentirlo, y grabárselo en la piel para recordarlo en días futuros cuando él tuviera que marcharse de nuevo.

Alex la besó con devoción. Devoró su boca como si ella fuera el oxígeno que necesitaba para respirar. Paula le acarició los brazos y deslizó las manos por su espalda. Allí había demasiada ropa estorbando. Agarró la tela y tiró para sacarle la camiseta por la cabeza. Con la prenda ya olvidada en el suelo, Paula pudo explorar ese pecho bastante más desarrollado de lo que recordaba. Alex había ensanchado, ya no era el chico de diecisiete años por el que babeaban todas sus amigas adolescentes. Ahora era un hombre, más fuerte, más hecho, más apabullante. Notó en las palmas de sus manos el poder de los músculos bajo la piel, la magnética energía que manaba de su cuerpo.

Alex la dejó acariciar a sus anchas mientras se besaban, hasta que no pudo contenerse.

—Me toca... —le susurró con la boca pegada en su oído—. ¿Estás preparada?

Ambos sabían que aquel era un momento crítico. Paula asintió con la cabeza, incapaz de hablar. Tenía la piel de gallina, deseosa de su contacto. El calor se le concentraba todo en la parte baja del estómago, irradiando el deseo a todos los rincones de su cuerpo. Levantó los brazos por encima de la cabeza y Alex agarró el dobladillo de su camiseta de tirantes. La fue deslizando muy despacio hacia arriba, rozando con los nudillos la suave piel de su costado. Cuando se la quitó, mantuvo los ojos fijos en los de ella durante unos segundos, observando su reacción, asegurándose de que todo estaba bien. Las pupilas de Paula estaban dilatadas, no supo si por el miedo o por la excitación del momento. Tenía los labios húmedos, entreabiertos, y la respiración agitada.

Volvió a besarla, despacio, saboreándola con la lengua, tomándose su tiempo. Paula agradeció su consideración, pero se dio cuenta de que Alex estaba esperando demasiado. Cogió una de sus manos y ella misma la llevó hasta su pecho izquierdo.

Cuando él la abarcó con toda su palma, ambos jadearon. El cuerpo de Paula se arqueó con la sacudida de placer y de su garganta salió un sonido que él atrapó rápidamente con su boca. Después, abandonó sus labios para trazar un camino lento con la lengua que descendía por su garganta, por su clavícula y que lo llevó directo al pezón. Lo saboreó despacio, goloso, mordisqueando, incitando, volviéndola loca. Pasó luego al otro pecho para comprobar que en ese otro lado el placer era igual de satisfactorio y Paula gimió con más fuerza.

A partir de ahí las cosas se aceleraron. El ansia se apoderó de las manos de ambos, que empezaron a acariciarse ya sin precaución, ambiciosas, buscándose bajo la ropa que les quedaba y que fue desapareciendo entre ellos a un ritmo vertiginoso. Ninguno se paró a contemplar al otro desnudo, no había tiempo. El fuego que ardía extendiéndose por sus cuerpos exigía atención inmediata y ambos anhelaban con frenesí la unión de sus cuerpos más allá de la barrera física.

Alex se colocó entre sus piernas y la besó profundamente, queriendo absorber cada gramo de pasión que a ella se le escapaba con cada respiración.

—Paula... dime... dime que no es tu primera vez.

A ella se le acumularon las lágrimas detrás de los ojos al comprobar con cuánta ternura la estaba tratando. Era como si tuviera entre sus manos algo delicado y precioso o, al menos, así se sentía ella. Y ahora quería asegurarse de que no iba a lastimarla; la lucidez había encontrado un resquicio por el que colarse a pesar de que la pasión nublaba sus mentes.

—No lo es —jadeó ella, moviéndose impaciente bajo su cuerpo—. Ocurrió hace mucho, solo un par de veces, y ambas fueron horrorosas. Por favor, bórrame también aquellos recuerdos.

Él contempló su rostro unos segundos, acariciándole el cuello y la mejilla.

—Cariño, voy a hacer que te olvides de todos los que hubo antes. Todos los que no fueran yo.

Nada más decirlo, la penetró. Entró en ella lentamente, sin dejar de observar sus ojos azules, abiertos de deseo y sorpresa. Paula sintió cómo la llenaba, en todos los sentidos, y quiso recordar ese momento para siempre. Con un último movimiento, él estuvo por entero en su interior.

—¡Ah, joder, Paula, esto es el cielo!

Y tanto. Paula no recordaba haber sentido jamás nada semejante. Las emociones la desbordaban y sabía que no le bastaría un solo encuentro con Alex para apreciar toda la intensidad de aquella unión. Aún no se habían separado y ella ya lo estaba echando de menos... ¿Cómo podría soportar que se alejara, que se marchara de su vida otra vez?

Alex empezó a mecerse sobre su cuerpo, retirándose para volver a entrar en ella con fuerza, despacio al principio, incrementando el ritmo poco a poco. Paula notaba el corazón golpear contra sus costillas y la tensión que se acumulaba entre sus cuerpos cada vez más placentera, más ardiente, más indispensable. Lo besó, desesperada, elevando las piernas y apretando las caderas masculinas con sus muslos. Alex llegaba más profundo con cada embestida y Paula supo que era posible morir de gozo...

—¡¡Paula!!

Aquel sonido estridente, casi animal, los dejó paralizados. En el silencio que siguió, solo escucharon sus respiraciones entrecortadas, y continuaron sin moverse.

—¡¡Paula, socorro!!

De nuevo aquel grito inhumano, perforando su pequeña burbuja de placer.

—Es Marta —explicó Paula, llevándose una mano a la frente.

—Se me acaba de bajar todo —intentó bromear Alex—. Qué manera de cortar el rollo, creo que no volveré a tener una erección en años...

—Lo siento. No hay nadie más en casa y ella está tan gorda... Dios, solo espero que se haya puesto de parto de verdad, porque si es una falsa alarma, la mato.

—Anda, vamos.

Alex se retiró y Paula notó el vacío extremo que le quedó cuando él se alejó. Aquello iba más allá de la mera frustración del momento, pero no tenía tiempo de ponerse a examinar sus sentimientos.

—¡¡Pau, despierta, te necesito!! —más gritos.

Se vistieron a toda prisa, mascullando entre dientes su mala suerte. Paula salió al pasillo a la pata coja, calzándose mientras corría.

—Espera, Paula —le pidió Alex, que estaba terminando de abrocharse los pantalones.

Pero Paula solo escuchaba los gritos de su prima. Ella era la responsable, se había quedado al cargo y temía fallarle por estar «ocupada» en otros menesteres. Iba tan deprisa, con los cordones de las zapatillas sin atar, que cuando llegó a las escaleras se tropezó y se precipitó por ellas. Cayó rodando un piso entero y lo último que escuchó fueron los gritos de Alex tras ella, intentando alcanzarla.

DE PARTO

Aire. Sensación de velocidad.

Paula abrió los ojos poco a poco y lo primero que vio fue la ventana abierta del todoterreno de Alex y, más allá, el cielo oscuro de la noche.

—¡Paula! ¿Estás consciente? ¿Cómo te encuentras?

A la voz preocupada de Alex se sumó una de sus manos acariciándole la mejilla. No hubo mucho más contacto, porque el chico iba conduciendo, y bastante deprisa, a juzgar por cómo las luces de la calle pasaban ante sus ojos.

—¡Pau, qué susto nos has dado!

Esta vez la frase salió de los labios de Marta, que sonó en los asientos traseros del vehículo. Paula se giró para verla y la encontró recostada, con las manos en la enorme barriga y la cara desencajada.

—¿Que yo os he dado un susto? ¡Gritabas como si te estuvieran atravesando con estacas, Marta!

—Ya, perdona, pero es que me he puesto de parto… soy así de inoportuna. —Esto último lo dijo con un tonillo resentido, mirándolos a uno y a otro alternativamente.

—Bueno, pero ¿tú cómo estás? Te has dado un buen golpe, Paula —insistió Alex, que la observaba de reojo—. Te vi caer y luego fui incapaz de hacerte reaccionar. Me temí lo peor.

Paula se llevó una mano a la cabeza, al punto donde se había golpeado. Notaba un dolor sordo en toda la zona y algo así como un zumbido amortiguado en los oídos.

—Creo que estoy bien… me duele un poco.

—Vamos de camino al hospital, tranquila, allí podrán mirarte. —Alex le apretó la mano para infundirle ánimos, respirando aliviado al ver que ella había reaccionado por fin.

—¡Eh, yo no estoy bien, por si a alguien le interesa! Me duele, me duele mucho. Es como si me estuvieran abriendo en canal... —protestó Marta, molesta por los arrumacos entre aquellos dos que la ignoraban.

—Perdona, cariño —se excusó Paula, soltando a Alex para tenderle la mano a su prima—. ¿Habéis avisado a Javi?

—Va derecho al hospital. Espero que esté allí cuando lleguemos —dijo Alex.

Paula también lo esperaba así. Marta lo necesitaba y, además, no podía perderse el nacimiento de su hijo.

—¡Oh, mierda, aquí viene otra! —exclamó Marta de pronto, apretando más fuerte la mano de Paula.

—Venga, tú respira, tranquila, pasará enseguida —intentó animarla, mientras su prima apretaba los dientes y cerraba los ojos para soportar la siguiente contracción.

Cuando llegaron al hospital fueron derechos a urgencias. Paula no se encontraba bien. Se mareó al bajar del coche y Alex tuvo que ayudarla a llegar hasta los asientos de la sala de espera. El chico tenía el rostro crispado de preocupación y no hacía más que apartarle el pelo de la cara con cariño.

—Joder, Javi no ha llegado... —se quejaba Marta, sentada en otra de las sillas.

—Yo me quedaré contigo hasta que llegue —se ofreció Paula.

—Ni hablar. A ti tienen que examinarte, ese golpe en la cabeza no es ninguna broma —terció Alex—. Yo cuidaré de Marta hasta que llegue su marido.

Enseguida llamaron a la parturienta para que entrara y Alex se acuclilló delante de Paula antes de seguirla. Acunó su cara entre las manos y la miró a los ojos, preocupado.

—No te vayas sin mí... Aún nos queda un beso, ¿de acuerdo? Un beso y podremos cerrar lo que tenemos pendiente. Es hora de dejar atrás el pasado.

—¡¡Alex!! —le gritó Marta desde la puerta que conducía al interior.

Él se levantó con cara de resignación y se marchó con ella, no sin antes recordarle a una enfermera que se ocuparan de la otra paciente cuanto antes.

Paula se quedó allí sentada durante un rato, mirando la puerta por la que se habían ido. Las palabras de Alex reverberaban en su cabeza con un eco molesto... ¿En serio? ¿En serio le había dicho que lo que quería era dejar el pasado atrás? A lo mejor era por el golpe que se había dado, pero aquello no le sonó nada bien. Alex le había confesado, apenas un rato antes, que no había podido olvidarla en todos esos años. De hecho, se había tatuado un siete para recordarla.

No, en realidad, lo que él había dicho era que en un principio lo había hecho para tener bien presente lo que había sucedido, para no volver a repetirlo. Uf, pensándolo bien, la idea no era nada halagüeña. De pronto, le cayeron encima todas las inseguridades y complejos que había ido alimentando a lo largo de los años, todas las dudas. ¿Y si Alex pensaba como ella nada más reencontrarlo? ¿Y si él también creía que la mejor manera de hacer desaparecer la vieja obsesión adolescente era completar de alguna manera el círculo de los siete besos? Hasta esa misma noche, esa era su idea. Terminar lo que había empezado con catorce años para poder dar carpetazo a una relación que jamás tendría que haber empezado. Pero, después de lo que acababa de ocurrir, después de darse cuenta de lo que Alex significaba para ella, supo que no podría despertar de su embrujo con un séptimo y último beso.

Estaba enamorada de Alejandro Luna. Siempre lo había estado, desde la primera vez que lo vio asomada a la ventana de su habitación y se fijó más de la cuenta en su culito perfecto. Estaba tan colada por él, que se dio cuenta, justo en ese momento, de la tontería que había hecho. ¡Se había acostado con ese hombre sin pensárselo, sin ninguna precaución! Se dio un manotazo en la frente al caer en la cuenta de que Alex ni siquiera se había puesto un preservativo. ¡Menos mal que Marta los había interrumpido! ¿Dónde tenía la cabeza?

—¿Paula? —La voz de la enfermera la sacó de sus desanimados pensamientos—. Venga conmigo, vamos a hacerle unas pruebas rutinarias para ver si está todo correcto después de esa caída.

Ella asintió y se levantó de la silla con cuidado por si se mareaba otra vez. Realmente se encontraba mal, pero ya no sabía si era por el golpe que se había dado, o por la pena que había empañado su corazón de repente.

¿Dónde se había metido el marido de Marta? Alex notaba que las gotas de sudor le caían por la frente mientras trataba de hacer más llevaderas las contracciones que la asaltaban cada pocos minutos. Nunca había deseado con tanta fuerza escapar de una situación. Y no solo porque no pintaba nada allí, sujetando la mano de una mujer que no significaba nada para él, sino porque estaba ansioso por volver al lado de Paula y comprobar que se encontraba bien.

Qué susto le había dado cayendo por las escaleras. Necesitaba verla, estar con ella, abrazarla y saber que todo estaba bien, que no había sufrido daños más allá de las magulladuras superficiales.—¿Dónde está Javi? —preguntó Marta, resoplando—. ¿Dónde se ha metido?

—Eso quisiera yo saber.

—Te quedarás, ¿verdad? Te quedarás hasta que él venga…

Alex la miró a los ojos y vio lo desamparada que parecía.

—Claro, tranquila —susurró, palmeándole la mano con cariño—. De aquí no me muevo hasta que no vengan a darme el relevo.

—Gracias…

Marta echó la cabeza hacia atrás y respiró como le habían enseñado. O eso pensó Alex, porque lo cierto era que no tenía ni idea de lo que tenía que hacer para ayudarla.

Por fortuna, veinte minutos después apareció Javi, por fin. Llegó sin resuello y bastante alterado por si se había perdido el nacimiento.

—Tranquilo, campeón, ha dilatado unos cuatro centímetros, así que todavía te queda un buen rato. La matrona ha dicho que las primerizas suelen tardar más tiempo. —Alex apretó el hombro de su antiguo amigo y lo dejó al cargo, más aliviado de lo que podía expresar con palabras.

Regresó a la sala de espera de urgencias para preguntar por Paula, y le dijeron que estaban haciéndole unas pruebas.

—Pero, entonces ¿se ha hecho algo en la caída?

—Eso es lo que tratamos de averiguar. En principio descartamos que se haya roto algún hueso, pero como ha sufrido algunos mareos, le vamos a realizar un TAC para comprobar que todo esté correcto.

—¿Puedo verla?

—En un rato. De todas maneras, lo más seguro es que se quede en observación unas cuarenta y ocho horas.

Alex se pasó las manos por la cara, agobiado. Esperaba que todo se quedara en un susto... ¡Y pensar que apenas una hora antes la tenía entre sus brazos, rendida a sus caricias! Qué fatalidad que los acontecimientos se hubieran desarrollado de aquella manera. ¡Qué inoportuna Marta y la criatura que estaba por nacer!

Al rato de estar esperando, llegaron los familiares de las dos chicas. Llegaron en tropel, y armaron tanto alboroto que los desalojaron de la sala de espera. Más tarde, cuando verificaron que el parto de Marta iba según lo previsto, y que el estado de Paula no revestía gravedad, la gran mayoría se marchó a casa a descansar. Ya volverían por la mañana. Tan solo se quedaron los padres de ambas, ansiosos por tener más noticias, y Alex, por supuesto. No se marcharía de allí hasta que le dejaran ver a Paula y comprobara que estaba bien.

—Familia de Paula Ferrera, el doctor les recibirá enseguida —anunció una de las enfermeras.

—¿Puedo yo pasar a verla mientras tanto? —preguntó Alex, levantándose de la silla como un resorte.

—¿Es familiar?

—Soy un amigo... Soy la persona que la ha traído.

La enfermera lo miró de arriba abajo. Tal vez debería haberle dicho que era su novio o algo así para que se ablandara.

—Sí, déjelo entrar —terció la madre de Paula—. Prefiero que mi hija esté acompañada hasta que podamos reunirnos con ella.

La enfermera frunció los labios, meditando como si el destino del mundo dependiera de esa decisión. Alex estuvo tentado de cogerla por el cuello para que espabilara.

—Está bien, pase. Pero un momento, la paciente tiene que descansar. Luego uno de ustedes podrá quedarse con ella para pasar la noche.

—Yo me quedaré —anunció la madre de Paula, decidida.

Alex siguió las instrucciones de la enfermera y llegó hasta la habitación donde Paula se recuperaba. Llamó suavemente antes de entrar y pasó sin esperar respuesta. Ella estaba despierta, con el cabecero de la cama levantado de manera que, más que tumbada, estaba sentada. Su gesto era grave y bastante serio, cosa que le preocupó.

—¿Cómo te encuentras?

—Bien. No he vuelto a tener mareos, así que imagino que no ha sido tan grave.

Su voz también sonaba triste. Y sus ojos... Sus ojos lo rehuían. ¿Qué había ocurrido desde que habían salido de su habitación a toda prisa? ¿Se había perdido algo?

—Paula... —dijo su nombre en un susurro, mientras se sentaba al borde de la cama y cogía su mano con cariño. Efectivamente, la encontró reticente—. ¿Qué pasa? ¿Estás... estás molesta conmigo por haber acompañado a tu prima?

Era una tontería, pero fue lo primero que se le pasó por la cabeza al verla así. ¿Tal vez que la dejara sola para marcharse con Marta había despertado en ella antiguos sentimientos?

Paula pareció escandalizada por aquella pregunta.

—¡No, claro que no!

—¿Entonces?

Ella miró al infinito, esquivando de nuevo sus ojos. Tras unos segundos, suspiró y decidió enfrentarlo.

—Es por todo, Alex. Por todo lo nuestro... Si es que hay un «lo nuestro». No dejo de pensar que yo te he metido en este lío. En realidad, que te metí en este lío hace diez años y lo llevamos arrastrando desde entonces. Si aquel lejano día en la playa te hubiera prestado mi vestido sin más, tú y yo no estaríamos teniendo ahora esta conversación. ¿No lo ves? Yo te obligué. Tenías razón, fui yo la que te perseguí, la que te empujó a comportarte como un cabrón la noche del Club Náutico. Ahora lo veo claro. Yo no era más que una niña pegajosa, jamás me hubieras prestado más atención que a un mosquito molesto que intentara picarte. Entiendo que fue la mejor manera que encontraste en aquel momento para deshacerte de mí... ¡Madre mía! Y sé que para ti no fue nada fácil, aquello te generó remordimientos para toda la vida. ¿Por qué si no te ibas a tatuar un siete en la cadera? Fue tu manera de no olvidarlo nunca, para no repetirlo jamás.

—No, Paula, escucha...

—No, escucha tú. Déjame terminar, por favor. —Paula inspiró, armándose de valor—. Tenemos que poner fin a este ciclo incompleto y seguir con nuestras vidas. Como tú mismo has dicho, hay que dejar el pasado atrás. ¿Cómo pude ser tan egoísta? —Sus ojos se llenaron de lágrimas—. Si tú no hubieras necesitado mi vestido para salir de la playa aquel día, nunca me hubieras mirado. Me crucé en tu vida a la fuerza, imponiendo mi voluntad solo porque estaba loca por ti... Y lamento que te hayas sentido culpable por mi culpa todo este tiempo. No quiero que pienses que me debes nada, ya he comprendido lo que me echaste en cara el día de nuestro reencuentro en las cuevas. Éramos unos críos, los dos, y no quiero que vuelvas a sentirte mal por lo que pasó.

—Paula, eso no es... —empezó a decir Alex, justo en el momento en que la puerta de la habitación se abría.

—¡Paula, hija! ¿Estás bien?

La madre de la chica entró sin pedir permiso, invadiendo y aniquilando el momento de intimidad que tenían. Alex intentó levantarse de la cama, pero ella lo retuvo un segundo. Antes de darse cuenta de lo que hacía, Paula había acercado su boca y le depositó un suave beso en los labios que le supo a despedida.

—Y siete —susurró, acariciándole la nuca—. Ya está, eres libre. Ya puedes volver a tu vida.

—Paula, Paula, ¿cómo te encuentras? ¿Te duele?

«A veces las madres son muy inoportunas», eso pensó Alex mientras salía de la habitación, sin entender qué era lo que acababa de pasar. Sin embargo, algo le había quedado muy claro: Paula había cerrado el círculo. Le había dado el séptimo y último beso.

Ahora se suponía que todos los fantasmas del pasado se evaporarían y ambos podrían empezar de cero.

Cuando Alex salió del hospital, aquella noche, ya tenía decidido que sí, que empezaría de cero. Pero, desde luego, lo haría al lado de Paula...

Era una promesa.

EL MENSAJE

Tres días después, Carolina se paseaba por la habitación de Paula bastante mosqueada. La rubia no podía creerse que su amiga fuera tan cabezota.

—¿Por qué no le das una oportunidad? No quieres verlo, no respondes a sus llamadas, no quieres hablar con él...

—Ya hemos terminado, Carol, no hay nada más que podamos decirnos —respondió Paula, que estaba tumbada en la cama con el antebrazo tapándole los ojos. Le mareaba ver a su amiga moverse de un lado a otro del cuarto—. Tengo que aprender a no pensar en él, y verlo no va a facilitarme la tarea. Dentro de nada Alex volverá a su vida, a Barcelona, y yo me quedaré aquí. ¿Qué hay que hablar, entonces?

Carol se detuvo bruscamente y la miró, con las cejas alzadas.

—¡No lo sabes porque no le has dejado explicarse! Le has echado de mala manera de tu vida, ¿te has vuelto loca? Así no se hacen las cosas.

—Así se hace cuando quieres cortar por lo sano.

—¿En serio? ¿Quieres cortar por lo sano? ¿Quieres alejar al amor de tu vida para siempre?

Paula guardó un obstinado silencio. Carol no lo entendía. Sí, Alex era el amor de su vida, pero ella no lo era de la suya. Él había tenido que tolerarla, que soportar que se metiera a codazos en su existencia, y tal vez incluso había llegado a sentir cierto aprecio por esa niña que lo perseguía sin descanso tiempo atrás. Aprecio motivado, seguramente, por la culpabilidad que le quedó tras la jugarreta del Club Náutico. Pero eso no era amor.

—Muy bien —anunció de pronto Carol—. Pensaba que podía convencerte para que te mostraras razonable, pero veo que no es así. Así que, lo siento, no me dejas otra alternativa.

Paula se quitó el brazo de los ojos para ver qué tramaba su amiga. La vio sacar el móvil del bolsillo y se incorporó como un resorte.

—¿No pensarás llamarlo?

—No.

—¿Entonces?

Carol no contestó. Buscó algo en el teléfono y luego lo dejó sobre la cama.

—No seas zopenca y escúchalo, ¿vale? Es un mensaje grabado —dicho lo cual, apretó un botón y se dirigió a la puerta para dejarla a solas.

Paula miró el móvil con un nudo en el estómago que se contrajo más aún cuando la voz de Alex emergió con un tono ronco y grave, increíblemente sugerente. Podría haber detenido su discurso de un solo manotazo, pero las primeras palabras se le metieron en las entrañas y ya no quiso dejar de escuchar...

—Paula, sé que no quieres verme ni hablar conmigo, y no me parece justo. El otro día en el hospital tú pudiste soltar todo lo que llevabas dentro, pero no me diste opción a réplica. Y no podía dejar las cosas así, porque no todo lo que dijiste es cierto... Para empezar, mi siete, el siete que llevo tatuado en la piel, también lo llevo en el corazón. No era solo un recordatorio de lo que hice mal en el pasado, y lamento que lo creyeras así. Me lo hice porque también quería atesorar algo tuyo, y no sé por qué pensé que el número siete era el símbolo ideal. Una vez me dijiste que era tu número y creí que, tanto para ti, como para mí, significaba algo especial. ¿Me equivoco? ¿Me equivoqué al suponer que, de alguna manera, ese número mágico nos unía en la distancia y en el tiempo? Puede que en el pasado yo no tuviera las ideas muy claras. Debes perdonarme, al igual que yo te perdoné a ti el ser tan... «insistente». Mi mente y mi razón me decían que aquello no estaba bien, que debía alejarme de ti todo lo posible. Mis diecisiete años se rebelaron ante la idea de ceder a los caprichos de una niña de catorce. Pero, Paula (y esto jamás lo he confesado a nadie), mi corazón supo desde el primer momento que tú guiabas mis pasos en la dirección correcta. Que yo lo acallara, que yo silenciara con rabia adolescente la verdad que latía dentro de mí solo tiene una excusa: no era el momento. O yo era idiota, vete a saber. El caso es que lo intuí: tú eras única. *Mi* única. Siempre me chiflaron tus labios, cómo sabían, lo suaves que eran contra los míos. Si hubieses podido intuir el esfuerzo que tenía que hacer para contenerme cada vez que nuestras bocas entraban en contacto, lo entenderías. Tu dulzura me desarmaba, la inocencia de tus ojos azules me consumía. Y esa última noche en el Club Náutico... Dios mío, Paula, siempre recordaré ese beso. Para bien y para mal, me temo. Porque despertó lo peor de mí... y al mismo tiempo dejó en evidencia que te habías colado en mi corazón de manera definitiva. Tú no lo sabes, porque te marchaste corriendo (y no te culpo), pero después me quedé en aquella sala vacía durante horas, reviviendo en un bucle el beso (que fue alucinante), el desastroso desenlace, tu cara dolida al comprender lo infame de mi comportamiento...

»Paula, no sé cómo convencerte de que, si bien un estúpido vestido de playa fue el detonante para que nuestra extraña relación prosperara, no fue en absoluto algo decisivo como quieres hacerme creer. Ya ves, a estas alturas, estoy convencido de que lo nuestro tenía que pasar, iba a pasar de todas maneras... incluso sin vestido de por medio. No fue tan importante para mí y, si de verdad la idea de besarte me hubiera repelido tanto, jamás hubiera aceptado aquel trato infantil. A día de hoy, sé que acepté porque yo también quería tus besos. Y, si aún dudas de mis palabras, ven esta tarde a la playa, a las seis. Reúnete conmigo en las rocas donde todo empezó y te demostraré lo equivocada que estás al pensar que todo esto lo propiciaste tú solita...

Minutos después de que la voz de Alex se hubiera extinguido, Paula continuaba mirando el móvil, con el corazón latiéndole en la garganta. Con manos temblorosas cogió el teléfono y volvió a apretar el *play* para escucharlo de nuevo. Se le habían ido clavando en el alma cada una de aquellas palabras y descubrió, horrorizada, que eran como una droga. Sabía que, antes de reunirse con él en la playa, se habría aprendido de memoria aquel sentido discurso...

QUIERO BESARTE

El mar estaba revuelto aquella tarde, como los sentimientos de Paula. Caminó por el Arenal de Sa Ràpita en dirección a las rocas que Alex había mencionado, esquivando a los niños que jugaban a la pelota o que corrían en la orilla ebrios de felicidad playera. Su corazón temblaba de anticipación y también de incertidumbre. ¿Qué iba a encontrarse? ¿Qué pretendía Alex citándola en el mismo sitio donde todo había comenzado? Decidió que no iba a pensar en ello, porque no quería volverse loca. Aceleró el ritmo, eso sí, deseosa de llegar cuanto antes a su destino.

En un determinado momento, al levantar la vista, se encontró con que su prima Marta se dirigía hacia ella caminando en la dirección contraria. Paula no pudo más que sorprenderse, porque estaba recién parida y no llevaba a su hijo entre los brazos (algo increíble, porque no se había separado del pequeño Javi ni un segundo desde que nació). Marta llevaba un vestido que tapaba su aún hinchada barriga y sus pasos no eran tan enérgicos como en el pasado, pero era evidente que estaba recreando la escena vivida diez años atrás, porque llevaba un bañador masculino entre las manos.

—¿Qué está ocurriendo aquí? —le preguntó, nada más llegar a su altura—. ¿No deberías estar en casa, dándole la teta a tu bebé?

—Alex se portó fenomenal conmigo, Paula, haciéndome compañía hasta que Javi llegó la noche del parto. Se lo debía.

—¿Sí? ¿Y cuál es tu papel, exactamente?

—Bueno, creo que ya te sabes la historia, pero vamos a hacerlo bien… —Marta se puso seria y se concentró para recordar las palabras—. A ver, sí, yo tenía que decirte: ¡Es un imbécil!

—¿Alex? —preguntó Paula, siguiéndole el juego.

—¡Sí, Alex! ¿Te puedes creer que me engañó?

Paula se sorprendió. No era así como ella recordaba aquella conversación. Se suponía que Marta debía quejarse por que Alex no pensara llevarla a la fiesta de su amiga Mónica. La curiosidad hizo el resto, por supuesto.

—¿Cómo que te engañó?

—Sí. Estuvo saliendo conmigo todo el verano y, en realidad, estaba enamorado de otra. ¿Te lo puedes creer?

Paula enrojeció. Ignoraba que su prima se hubiera enterado de lo ocurrido a sus espaldas durante aquel verano.

—Marta, yo... —intentó excusarse, pero ella no se lo permitió.

—Olvídalo. Sé que tú y yo siempre hemos tenido nuestras diferencias... A decir verdad, yo lo empecé todo cuando te robé a tu mejor amigo. Éramos dos niñas haciendo chiquilladas, así que yo ya lo he dejado atrás. Además, si lo mío con Alex hubiera durado, ahora no tendría un marido que me adora y un bebé precioso esperándome en su cuna. Tendría el corazón roto, porque tarde o temprano, habría descubierto que él nunca me quiso de verdad.

—Marta... —Paula le apretó el brazo con cariño y su prima carraspeó, tragándose los sentimientos que tenía a flor de piel después del parto.

—¡No! Venga, que nos desviamos de la charada. A ver...¡Ese imbécil me engañó, así que le he quitado el bañador! Ahora tendrá que regresar desnudo a casa. ¡Ja, chúpate esa, Alex!

Paula no pudo disimular una sonrisa ante la mala interpretación de Marta.

—Anda, trae aquí eso, que se lo llevo —le dijo, estirando la mano para recuperar la prenda.

—Ni hablar. Lo digo en serio, ahí se queda desnudo... ¡De mí no se ríe nadie!

Paula vio con impotencia cómo Marta continuaba su camino y no supo si la última frase también era parte de la pantomima o lo había dicho en serio. ¿En serio había dejado a Alex (al Alex adulto), desnudo detrás de las rocas?

Corrió por la arena para averiguarlo. Cuando llegó, escaló para pasar al otro lado y lo llamó, regresando de golpe diez años atrás en el tiempo.

—¡Alex! ¿Dónde estás?

La cabeza masculina asomó por el mismo sitio que ella recordaba.

—¡Paula, has venido!

—¿Te has vuelto loco? ¿A qué viene esto? ¿En serio estás desnudo?

La sonrisa de Alex podría haberle derretido el corazón. Sus ojos oscuros chispeaban de diversión y ella no entendía nada.

—Me achacaste una culpa que no estoy dispuesto a asumir. ¿Cómo lo dijiste? Ah, sí, que si no hubiera necesitado tu vestido aquel día, nunca te hubiera mirado. ¿Crees en serio que valoro más mi intimidad que mi integridad? Si no hubiera deseado besarte tanto como tú deseabas besarme a mí, jamás hubiera aceptado tu trato.

Paula levantó una ceja, escéptica.

—¿Hubieras salido desnudo?

Él se puso serio de repente. La atravesó con una mirada ardiente que expresaba mucho más que las palabras.

—Quería besarte. Y me diste la excusa perfecta para no parecer un depravado que se fijaba en niñas tres años más

167

pequeñas. Créeme, si no hubieses sido tú, si cualquier otra me hubiera encontrado de esta guisa, habría salido desnudo antes que ceder al chantaje.

Paula se humedeció los labios, deseosa de confiar en él. Sin embargo, era demasiado rebuscado, demasiado surrealista.

—No... —Negó con la cabeza—. Me acuerdo muy bien de cómo eras con diecisiete años: un gallito de corral. Jamás te hubieras rebajado a salir con tus vergüenzas al aire delante de tus otros amigos.

—¿No?

Paula observó, entre horrorizada y fascinada, cómo Alex saltaba por encima de las rocas y aparecía completamente desnudo ante ella. Se le secó la boca al ver aquel cuerpo de surfista en todo su esplendor, a la luz del sol de la tarde. El siete de su cadera contrastaba con su piel morena y Paula deseó hacerse un tatuaje igual, para que los dos estuvieran marcados ya por siempre con aquel número. Él caminó decidido hasta donde ella se encontraba, la pasó de largo al tiempo que le guiñaba un ojo y continuó andando por el arenal, a la vista de todos los que disfrutaban de la playa a esas horas.

Paula pensó que estaba loco, que lo detendrían por exhibicionismo, y, al mismo tiempo, supo que era lo más romántico que nadie había hecho jamás por ella, por increíble que pareciera.

Lo siguió, pidiéndole por favor que se tapara, que ya había demostrado lo que tenía que demostrar. Pero Alex se negó y continuó su camino hasta la zona donde los esperaban algunos de sus amigos. Carolina, Marta con su marido Javi, Bruno y Maika no se perdían detalle de aquel paseo nudista por la playa.

Cuando llegó a su altura, Marta le devolvió el bañador diciéndole que se vistiera antes de que alguien avisara a la policía. Algunos padres habían tapado los ojos a sus hijos, escandalizados. Alex obedeció y, cuando estuvo presentable, se giró para recibir a Paula que llegaba tras él, conmocionada por la impresión. Se acercó a ella y acunó su rostro entre las manos.

—Caminaría desnudo por la playa todos los días si con ello te convenciera de que no fue solo tu decisión... Me dejé chantajear, que quede claro. Porque yo también quería besarte. Porque aún quiero besarte, y quiero seguir haciéndolo durante mucho mucho tiempo...

Para ratificar sus palabras, Alex posó los labios sobre los de Paula y devoró su boca en un beso apasionado que la estremeció entera. Ella lo abrazó, correspondiendo al ímpetu del que siempre había sido el amor de su vida. Desterró las dudas y las torpes excusas que la habían mantenido alejada de él aquellos tres días y le demostró, con su cuerpo, con sus manos enredadas en su pelo, con sus labios complacientes, que no volvería a esconderse nunca más.

—Empezamos desde cero —le susurró Alex junto al oído, cuando se tomaron un descanso para respirar—. Este es el primero, y el séptimo...

—...El séptimo no será el último —Paula terminó la frase por él, antes de volver a perderse en su boca con una sonrisa de satisfacción.

FIN

AGRADECIMIENTOS

Esta novela corta es muy especial para mí, porque soy una fan absoluta de los amores de verano. Gracias a mi editora Teresa, por proponer la idea en su momento y darme la oportunidad de escribirla.

Gracias a Irene Ferb, que me ayudó con parte de la trama cuando llegó el bloqueo y consiguió que todo fluyera mucho mejor después de una tarde de charla.

Gracias a mi familia, que siempre está ahí conmigo, compartiendo cada paso del camino.

Y gracias a vosotros, lectores, que seguís confiando en mis historias y que, con vuestra ilusión y vuestro apoyo, le seguís dando alas a este sueño que es escribir.